春潮NOV+

回到分歧的路口

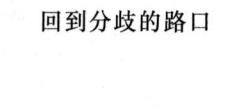

DACIA MARAINI

Tre donne
三个女人

[意] 达契亚·玛拉依妮 著 孙双 译

中信出版集团 | 北京

图书在版编目(CIP)数据

三个女人 / (意) 达契亚·玛拉依妮著 ; 孙双译. -- 北京 : 中信出版社, 2022.1
书名原文 : Tre donne
ISBN 978-7-5217-3892-6

Ⅰ. ①三… Ⅱ. ①达… ②孙… Ⅲ. ①长篇小说—意大利—现代 Ⅳ. ①I546.45

中国版本图书馆CIP数据核字(2021)第 279933 号

©2017 Rizzoli Libri S.p.A./Rizzoli, Milan
©2018 Mondadori Libri S.p.A./Rizzoli, Milan
The Simplified Chinese edition is published in arrangement with Niu Niu Culture
本书的翻译得到意大利外交与国际合作部的资助
Questo libro è stato tradotto grazie a un contributo del Ministero degli Affari Esteri e della Cooperazione internazionale Italiano

三个女人
著　　者：[意]达契亚·玛拉依妮
译　　者：孙　双
出版发行：中信出版集团股份有限公司
　　　　　(北京市朝阳区惠新东街甲 4 号富盛大厦 2 座　邮编　100029)
承 印 者：北京中科印刷有限公司

开　　本：880mm×1230mm　1/32　印　张：5.75　字　数：88千字
版　　次：2022 年 1 月第 1 版　印　次：2022 年 1 月第 1 次印刷
京权图字：01-2022-0149
书　　号：ISBN 978-7-5217-3892-6
定　　价：49.80 元

版权所有·侵权必究
如有印刷、装订问题，本公司负责调换。
服务热线：400-600-8099
投稿邮箱：author@citicpub.com

致中国读者

亲爱的中国读者,我把小说《三个女人》交给你们,希望大家觉得这本书有趣。

这是一个关于家庭的故事。在这个家里,只有女人,没有男人——男人们要么选择了离去,要么已经不在人世。

姥姥、妈妈、外孙女,这三个女人生活在同一屋檐下,尽管她们的所思所想、志趣品味、生活习惯相去甚远。姥姥杰苏伊娜做过多年的戏剧演员,认为自己是个自由的女人,并且风韵犹存,时刻积极地面对生活。妈妈玛利亚是"六八一代"[1]:坚信可以通过满腔热忱和高尚情操来改变世界。外孙女洛雷达纳,小名洛丽,是我们这个时代的年轻人。她聪明、自主,但也因缺乏更高的追求而感到迷茫——共同价值观的缺失正是当下西方的

---

[1] 六八一代:指在 20 世纪 60 年代出生、80 年代成长的一代人。——编者注

社会弊病。

一个男人几乎悄无声息地闯入这个小小的女性世界，掀起一场轩然大波。他善解人意、彬彬有礼，懂得为爱情慷慨奉献，但也轻易地被人引诱。

在这三个女人之间，不乏吵闹与争斗，但她们仍然深爱彼此，本书的结局就足以证明。

我打算只说到这里，其余留给诸位去阅读和体会。

我愿意补充一些关于风格选择的想法。我想告诉那些不仅关注情节，也对小说风格感兴趣的读者，对我而言，最困难的是深入三个女人的语言世界。事实上，语言是文化，是思想，是个人与世界关系的体现。在纸上模仿三位不同年龄段女性的语言并非易事。年龄不仅展现个性，也反映出时代差异。

这部小说以及每部小说都代表特定的历史时期，从某种意义上讲，作者让角色走上舞台，描绘和呈现彼此靠近却不尽相同的芸芸众生。

致以最亲切的问候。

达契亚·玛拉依妮
2021 年 12 月

11月23日

我恨日记本，却依然像个傻子似的留着一本，还在上面写日记。问题是到底该把它藏在哪儿。幸好妈妈的好奇心并不重，但姥姥就不一样了，她太爱到处管闲事，俨然一只猴子。虽然她的想法和我一致，从不揭发我，那我也不乐意让她看我写的东西。这是私人领地，禁止擅入，走开，去！我用锤子把相当厚的墙壁砸破，然后拿一块可以上下滑动的铁板挡住窟窿，把锁挂在一头儿带圆环的钉子上，用来打开或锁闭铁板。这样就足够了，我又往上面挂了一幅画，齐活！这是我从小养成的习惯：一个日记本。每当手边有书和本子的时候，妈妈总是对我说：看书！写字！那时我的小手连一支笔都还握不稳，为了取悦她，我画画、写字，画得乱七八糟，字写得像狗爪子刨出来的一般。这是一种家族病，一种像疾病一样传染到我身上的倒霉习惯。家族病是存在的，不是吗？所以现在我手中捧着日记本，开始像姥姥，后来像妈妈。虽然姥姥多年在舞台上，并不热衷于写作，但她爱说话，并以这种方式记录自己的想法，总之是一部有声日记本。姥爷在去世之前似乎写诗，他总是鼓励姥姥把所思所想落实到纸上。爸爸三十八岁时因白血病去世，他也经常写作，体育类文章，妈妈这样说。我对他只是模模糊糊有点印象，因为他走的时候我才三岁，妈妈孤身一人，不得不开始工作。她还能做什么呢？对她而言，用各种不同的语言文字写作和阅读就像呼吸一样轻松，当然是做翻译了，显而易见！她不可能去做其他工作。她每天工作十三个小时，从前如此，现在依然。事实上，为了与文字如影随形，她甚至能忘记吃饭……但她的收入微薄，总是手头拮据，幸好姥姥能靠给人打针挣点钱。她技术很棒，全社区的人都认识她，到处都有人找她。

亲爱的弗朗索瓦：

就在不久前，我女儿洛丽还问过我，我们怎么可能保持通信这么多年。如果是你，会怎么回答她？我觉得这很正常，这是我们相距遥远保持沟通的方式。我反感科技，它的本意是把生活变简单，实际却把生活变得更复杂，或者至少把生活变得乏味，使一切都在预料之中，平庸无奇。我不喜欢待在一块屏幕前面。一块玻璃做的屏幕，它反射光芒，狂妄地以为自己无所不能。它被镶嵌在铝框里，把一团彼此搅缠的电线妥妥地掩藏在笨拙的体内。

可是妈妈，喘口气的工夫，电子邮件就到了，你却偏要用慢腾腾的邮寄！我女儿洛丽总会这样说。

洛丽，美好之处恰在于此，缓慢自有它隐秘而深邃的价值：思考的缓慢、言语的缓慢、书写的缓慢，这正是那个不重速度的时代最大的优势。缓慢把它的种子植入人的身体，生根，滋芽，长出叶子、花朵、树木，万物得以喘息。我是这样回答她的，我知道你的想法和我一致。

妈妈，你飞得太高了，当心摔下来磕破头。另外，你看上去比你的妈妈还要老，她六十岁了，却会用电脑，随时随地发邮件，而你连手机和聊天工具都不会用！——我女儿总是要和别人争个高低。

如果她这样开心，就随她吧，我反驳道，我主张自由。

什么自由啊，这是落后，她也反驳，你生活在文学里，不了解真实的世界。妈妈，也许你永远都无法了解。

就好像我为了维持家用而努力工作不算生活在真实的世界里、不算承担责任似的，我让她想想这一点。

此时这个冒冒失失的小丫头不说话了，因为她知道如果没有我的话，她就没有房子住，饭桌上没有吃的，没钱买摩托车，也支付不起上学、买书的开销。这并不是责怪，我只想让她更懂事。但她还小，只有十七岁，很快她会长大的。

我正在翻译《包法利夫人》。我愈发认为故事里最有人情味的人物正是备受屈辱的夏尔，福楼拜把他描绘成微不足道的人中最无足轻重的一个，然而他是唯一懂得爱的人，唯一为爱玛的死而痛苦的人，唯一不欺骗她、不轻视她的人。如果他没有那么无能、粗糙，如果作者没有在每一页都让他出尽洋相，他本应该是个令人喜爱的人物。等到圣诞节我们见面的时候，我想把已经翻译完的部分念给你听。遗憾的是，意大利译文失去了原文的音韵。像福楼拜这样一位字斟句酌的作家，词语的音韵都有准确的意义，我甚至认为它们可以激发情欲。

  我又重新翻看了咱们上次去埃及旅行的照片，那是在"阿拉伯之春"爆发前夕。空气中飘来一股清新的味道，你嗅到了自由的气息，立刻意识到即将发生点儿什么。遗憾的是，结局如此不尽人意。你还记得那个晚上吗？我们和你的朋友们在一起，在那家泊船餐厅，晚饭后，我们望着尼罗河，你的目光闪烁着喜悦。我喜欢你快乐的样子，我不由得感到开心。墨色的河水静静地流淌着，幽暗的水面上舞动着光芒，水中倒映着咖啡色的城市，美丽至极。你吟诵出一首波德莱尔的诗，开头的几句即刻印入我的脑海，至今记忆犹新：在一片灰白的光下，/奔跑，舞蹈，无端挣扎，/生活，无耻而又喧哗。[1]远处传来说话的声音，你说那正是做出重大决定的时刻：众多青年在寻求自由，没有人能够阻止他们，你还记得吗？然而却有人阻止了他们，该死，的确有人阻止了他们。我问你，你认为"自由"这种情结是由文化催生的，还是我们每个人与生俱来的天性。你这样回答我：就连笼中之鸟也懂得自由，即便它无法将此说清道明。

---

[1] 原文为法文，是波德莱尔《恶之花》中《一天的结束》的前三句。——译者注

昨夜我梦见你给我打电话，对我说你睡不着觉，因为一只鸟正在啄食你的肝脏。就像普罗米修斯吗？我像个看书太多的呆子一般发问。而你像我一样手不释卷，你说"普罗米修斯"在希腊语里的意思是"三思而行的人"。但如果普罗米修斯事先思考过，他真的还会窃走天神的火种吗？我问自己，有多少人会在行动之前思考。比如你，我不认为你是个思前想后的人，也许过程之中你的确是个谨慎的人，但行动需要某种冲动，不是吗？行动需要果断、坚决：如果一个人在行动之始瞻前顾后，会怎样呢？疑虑、拖延，或许放弃。如果是恶行，事先想想倒不是坏事，但如果是善举呢？思虑过多会不会错失什么？在我眼里，你正是那种在做事过程中思考的人，而不是在事先思考的。总之，你把思维当作认识的工具，而不是怀疑的过程。此时我的耳畔响起你的声音：谁知道呢？也许我比你想象的更加谨慎。弗朗索瓦，你的声音独一无二，我能在千万种声音中把它辨别出来，它低沉、浑厚，虽听似含混、几乎没有特别之处，但仔细体味，仍会感到回声在心底激荡，仿佛从远处飘曳而至，在音乐的魔法中绽放。你真应该去当演员，你一定会很成功的，我真这么想。你的声音温厚平静，适合心平气和地说理。你应该去做哲学家或是精神科医生。以你的声音,可以平抚最狂躁的疯子。而你却从事了金融业,整天忙着和数字打交道。我知道你的同事们把你当成一个狂人、一个书虫、一个偷偷书写毫无意义的诗歌的文化人,而事实上,你是那家愚蠢公司的囚徒,假期更是少得可怜。

前不久,我重读了你的来信,仿佛感受到你那清晰、欢快的声音。弗朗索瓦,每当听到你的声音,我都心动不已。尤其当你背诵自己喜爱的诗歌时:兰波、波德莱尔、魏尔伦。正如我女儿洛丽所说,你如鱼得水般地在诗歌的海洋中畅游,沉浸其中,酣畅淋漓。你令我想起不久前我翻译的一本回忆录中一位纳粹死亡营幸存者的描述:

> 临近傍晚,在无比繁重的劳动中度过恐怖的一天之后,几个饥饿、绝望的法国人到纳粹分子唯一不会去的地方碰头:集中营的厕所——一个臭气熏天、令人作呕的地方,污秽不堪的水泥地面上满是尿水和血渍,恶臭弥漫,令人窒息。党卫军那些身穿整洁制服、锃亮军靴的漂亮军官

绝不会喜欢这个满是痛苦和恶浊的去处。而我们的朋友们恰恰在那里碰面,聆听他们年轻时背过的诗句。诵读的声音如同歌声一般,却是低吟的歌声、有韵律的细语,它不会传到门外。诗歌神奇地给予他们支撑下去的力量,你懂的,在虐待和死亡的威胁下求生的力量。

这段描述令我印象深刻,我从中感受到,当文字变成音乐和思想时它们是何等有力:一种迫切、动人的生之策略。

爱你的玛利亚

11月26日

今天上午我去了马里奥的店。他身穿衬衫,僵硬地坐在板凳上,在我的背上走针。他有一双金黄色的、老母鸡一般的眼睛,冷漠、呆滞。他挂着鼻涕,握着电针的手沿着预设的图案机械地移动……我从镜子里能看到这条开启我未来人生的羽蛇绘制得如何:它盛气凌人,红黑相间，鼻孔向外喷气，正是我喜欢的样子。马里奥用牙咬着嘴唇，手里忙活着。他浑身散发出汗与咖啡混合的味道。即便全世界只剩下他一个男的，我也不会和他上床。他有点儿像耗子，在地洞里奔来袭去，即便他非常擅长在人们的皮肤上绘图。你为什么想要一条龙[1]？他用那老母鸡般的声音问我。不为什么，就是想要。我把你弄疼了吗？有点儿。我不想让他得意。那条龙正在钻入我的皮肤，我能感受到它的喘息，这就足矣……至于疼痛，谁会在意！

11 点

带着背上刚刚文好的龙，我一头扎向图陆家，差点飞出去十米，因为一个帅极了的小伙子恰好从我面前经过，为了看他，我走神了，摩托车陷进一处坑里。你是想说坠入深渊吗？我把这件事讲给图陆听的时候，他笑了起来。那个浑球，在他出来给我开门之前，我不得不按了三次门铃。他转动把手，把门打开一条缝向外张望，就好像是警察找上门来了似的，门缝里露出他眯成一条

---

[1] 羽蛇是玛雅文明崇拜的神，外形与龙相似。——编者注

线的眼睛,他短促地喘着气。是我,快开门!啊,是你呀,洛丽,来,进来,你怎么了?满面通红的……我脱掉毛衣,他目瞪口呆。谁给你文的?魔术师马里奥,我对他说道。你记得他吗?他和咱们一起去过网球酒吧。他给我打了折,你喜欢吗?相当喜欢,文得像真的一样,这条龙一副勃然大怒的样子,你打算用它吓唬谁呀?吓唬那些想从我背后搞偷袭的人,你觉得怎样,好看吗?帅呆了!那咱们做个小爱,庆贺一下?我得先喝杯咖啡,你要来一杯吗?我已经喝了三杯咖啡了,不过喝第四杯也没问题,我喜欢看着图陆在厨房里忙活,不过,那都不能算是一间厨房,顶多算个洞窟,连张放东西的桌子都摆不下,所以他总是敞着通往阳台的落地窗,并在阳台摆了一只倒放的抽屉,权当茶几。咖啡很差劲,我实话告诉他。他笑了笑。幸亏图陆的脾气不错,但他不会做爱,笨手笨脚的。不过,他有个漂亮的屁股,上面没什么毛,姥姥杰苏伊娜通过屁股判断人的性格,她总对我这么说。她靠给人打针挣钱,所以见过很多屁股。她说,屁股刚一露出来,她就能洞察一切:尖的,汗毛重的,布满红色胎记的,动不动就起鸡皮疙瘩的,像火鸡脖子一样满是皱纹的,漂亮、光滑、丰满的。总之,她说屁股会说话，而她能准确无误地理解那种语言。图陆的屁股好看极了，既柔软，又结实，令人特别想上去咬几口，可他并不很喜欢别人看见他光着屁股，做爱的时候，直到最后一刻他才褪掉内裤，在这之前，他会先以不慌不忙、有条不紊的动作脱下衬衫，把它挂在椅背上，然后才脱下裤子，把它整整齐齐地叠好，一点儿褶子都没有地摊放在椅子上。他喜欢慢条斯理、从容不迫地做事：鞋子总是一只挨着另一只摆好，一尘不染，就像刚刚从商店里买回来那般簇新；就连睡衣也仔细熨过，干净整洁，所有的纽扣都系着，今天依然如此，而显然我到门口的时候，他还在睡觉。都十一点了你还不起床？我睡得太晚了，洛丽，今天我不想去学校。我也不想去。那你怎么和你妈妈说的？什么也没说，你觉得我能怎么说呢，她又不会听我说话……她看见我拿起外套和书包出门了，就这样，她都不会想到我没去学校。我早就和魔术师马里奥约好了，让他在我背上文一条龙。我妈一向糊里糊涂的，谁知道她整天在想什么。如果我自己有工作，不用靠她生活的话，我一刻也不会在那个乏味的家里多待，绝不和妈妈、姥姥一起住。你姥姥不是演员吗？她已经不做演员很久了，现在她靠给人打针挣钱。再也不演戏剧了？谁会要一个六十岁的老太太？那怎么了，六十岁又不算老，我妈妈也六十岁了，可她打扮得像个小姑娘似的，追求她的人可多了。你妈妈是你妈妈，我姥姥是我姥姥，她热爱表演，虽然很看重自己的事业——这一点毋庸置疑，但她还是放弃了那份工作。与其说是她放弃了，不如说是别人把她辞退了，因为她总不参加排练，和她一起演出的男演员她见一个爱一个，还经常爱上幕后技术人员，在后台和人家打情骂俏、蹉跎时间。不过，她好好打扮的话，看上去年轻二十岁不止，我姥姥还是挺漂亮的。如果她不像猴子似的那么爱管闲事，不像狐狸似的那么狡猾，我还是很愿意和她待在一起的，她很会讲故事，人还特别幽默。

17点

咖啡喝过了，也和图陆做完爱了。感受一般般，他看上去愿望并不迫切，我在学校听说他喜欢男生。嗯，也许吧，但我觉得他只是害怕放任自我，因此才显得拘束，我并不认为他是同性恋。他是个奇怪的男生，做爱时特别羞涩，双眼紧闭、匆匆忙忙，一句话也不说。我喜欢他身上的味道，有种奶酪和菊花香，好似一个初生的婴儿，依旧吮吸着母亲的乳汁。我喜欢那种芬芳，因此也闭上眼睛，仿佛把他抱在怀里轻摇：睡吧我的宝贝 / 在树梢上睡吧 / 当风儿吹起 / 摇篮轻轻摇晃 [1]……我小的时候，姥姥时常唱这首《摇篮曲》给我听，她英语很好，有时我们用英语聊天，她还能教我几个单词。她还会说法语。姥姥很优秀，搞不懂她怎么给我生了这么个疯疯傻傻的妈。

20 点

我和图陆坐在阳台上吃了几块带霉味儿的饼干，一直嘻嘻哈哈的。对面还有其他阳台，上面摆满绿植，幸好从没出现过什么人。我对他说，你一向井井有条，就不能买点新鲜饼干吗？这些都过期了！他笑了。如果他没长着像猫牙一样漂亮的小牙，他笑起来的样子一定很讨厌。他的牙齿洁净、光亮，闪烁着光泽，有时令人联想到鲨鱼。可怜的图陆，他的家庭很富有，他的头脑却很贫瘠。我并不是说他是个傻瓜，只是他很封闭，封闭得像一只刺猬，一旦你靠得太近，便把刺竖起来。就在

---

[1] 原文为英文，是《摇篮曲》（"Rock-a-Bye Baby"）的歌词。——译者注

极乐前的刹那，他从我的身体里抽离，因为怕让我怀孕。他从厨房里拿来一张斯可特牌纸巾，把我身上的精液擦干净，再把纸折成四折，之后又折了四折，然后放在床头柜上的烟灰缸下面。他不抽烟，所以不知道要烟灰缸有什么用。也许是为了好看吧，烟灰缸里面写着"卡普里岛欢迎你"，还画有蔚蓝的大海，海上翻滚着雪白的浪花，以及一只小小的船。

22点

我本来想在自己身上文一只船，它在高高的浪上前行。我喜欢大海，喜欢在波涛中驰骋。但后来我看见了那条龙，它被画在一只随风飘扬的气球上。我对自己说，不，我要那条龙。龙是什么？图陆对我说，龙只是我们想象出来的生灵。世上真有龙吗？没有。那它们是从哪儿来的？从我的头脑中。从你的头脑中。图陆，只是你的头脑中永远也放不下一条龙，我想你的脑袋里只有整整齐齐的书架，上面放着几块手表、一些从没人看的精装书，以及另外几只烟灰缸，它们让你回忆起从未经历过的旅行。

23点

　　另外，我不喜欢在上午做爱，身上总有股馊腐的哈喇子味儿，头发上带着汗湿过的枕头味儿。可是相识多年的两个人，在学校是同学，把各自的事都讲给对方听，在某个无奇、乏味的早上还能干什么呢？只能做爱。哪儿也没写着这条规矩，但就是这样，大家都如此，也许是因为没有其他事情可做。过后再喝杯咖啡，然后洗澡。最后，图陆围着浴巾坐着喝酸奶，他说自己喝的是脱脂酸奶，因为他很在意身材，一切都从有机食品店购买。我姥姥把这种店称为"珠宝店"，因为在里边买一根歪歪扭扭的胡萝卜也要花掉你三欧元，简直令人难以置信！

12月2日

16点

　　喂，喂，喂……一、二，一、二、三……滋，滋……笨到家的录音机，你开机了？一、二，一、二，喂，喂，喂？不可能有比这更小的录音机了。我选择你是因为你操作简单，放在兜里很方便，我想用你的时候就把你打开,而你不应该给我添麻烦。怎么回事儿?电池没电了?不,好了,现在打开了,不过我的小录音机,你太慢了!一切就绪了吗?糟糕透顶的一天!我睡得不好,很晚才起床。当我去面包店买刚烤好的热牛角包时,店里人特别多,我只好等。西莫内在柜台旁,因为迅速地做着一系列动作而满头大汗:他得把面包从架子上取下来,装进纸袋里,收钱,找钱;再拿另一根法棍,打开另一个纸袋,把面包放进去,收钱,找钱,等等。他看见我时冲我微笑了一下,那么勉强、疲惫的一笑。今天似乎所有人都匆匆忙忙,横冲直撞地买完面包,拿起便走。四周弥漫着刚出炉的面包香,我情愿在这里待上一整天,看西莫内动作麻利地干活。他裸露的手臂肌肉发达,他长长的脖颈淌着汗水,他卷曲的头发垂到额前,他漂亮的双手在一根又一根面包棍间奔忙,他的嘴唇圆润,他长着一双神秘的大眼睛。你老和那个面包师在一起干吗?我外孙女洛丽问道。她总爱刨根问底,并且诡计多端。我喜欢那个面包师,这有什么不好?我外孙女监视我,而我任由她监视,她总爱说别人的闲话,像只蚊子似的先是嗡嗡乱叫,然后咬你。而我任她嗡嗡乱叫。实际上,她就是一个小吸血鬼,但她爱我,这一点我很清楚。我们相互理解，她和我那个疯疯傻傻的女儿完全不一样。玛利亚就像刚下的鸡蛋一样脆弱，你稍微一碰，她就粉碎。然而，她也具备鸡蛋的优点：光滑、封闭、完美。只是如果你把它放在桌子上，它就会滚落、破碎。

我外孙女理解我、支持我，总之和我是一头儿的。有一天我让面包师到家里来，托词说让他帮我拿几斤面包。我让他进屋，然后在厨房门的后边，我们仓促地接吻，甚至没有拥抱。洛丽在过道后面监视。她通常什么也不说，微笑而已，但这次却数落我：你知道他还是个孩子吗？他和我一般大，你都能当他奶奶了！如果他被我吸引，我也一样被他吸引，我能怎么做呢？我这样回答，语气就像一个为自己辩解的人，而我本应更为坚定有力地捍卫爱情的自由。它与年龄无关，它带来了面包、汗水、气喘、呼吸、热烈、兴奋，这一切都是恋爱游戏的乐趣。我本应更坚决、更果断，然而在我外孙女洛丽那种自以为是的年轻人面前，我却不得不畏首畏尾。

玛利亚回来了，拎着好几袋子的菜。我为刚才这事找的借口是面包太沉了。面包师很尴尬，我也一样，而玛利亚从来也不会发现任何异常，就算看见我只穿着内裤和赤身裸体的面包师在一起，她恐怕也只是直走到桌子旁，一头扎进书堆里，就像盲人一样。玛利亚一向心不在焉，就像一朵冬天里的玫瑰。她简直就是个大累赘，但我们的确是靠她做翻译来养活。其实这份工作收入微薄，但稿酬支付得还算准时。在遭遇了众多不务正业的出版人之后，她终于找到了一家正规出版商，那些人让她像奴隶一样地埋首工作，然后再让她等上六个月，才把她应得的给她。而与此同时呢？赊食品店的账，赊果蔬店的账，赊水产店的账，最后大家都斜着眼瞧你。另外，我清楚过不了多久，就不能再赊账了，因为所有的店铺都在关张，店里曾有无数的安德烈、马代奥、乔治经常让我赊账。现在开张的只有超市，永别了赊账，你必须立即付钱。幸好我当护士的口碑流传开来。演员当护士了？这多可笑，我外孙女这么说。但在舞台上多年，除了表演之外，我还学会了照顾病人，学会了注射，那这有什么好奇怪的？我具备医者的灵性，我乐于对病人的身体一探究竟，我乐于弄明白病痛在哪儿，我乐于寻找——我甚至想说创造疗法。我真应该上医学院，而不是那所愚蠢的戏剧学院，然而母亲反对。所有人也都对我说，我天生就是演员。然而事实并非如此，我天生就是大夫,只是未能研习医学。我敢骄傲地说,我就是注射女神。另外,我通过屁股来判断人,正如我对外孙女讲过的那样。通过屁股的类型,我还能断定他们是否会立刻付款。对于那些拖欠报酬的,我恨不得给他们扎出一大块瘀青,但我不会那么做,这是出于对职业的热爱,我必须维护自己针管女王的名望。我把针头靠在屁股上,用想象来的一支笔把它分成四瓣,然后对准上部的四分之一,两根手指轻轻一压,针头便进去了,这是种乐趣。然后我回抽活塞,以确定没有把针插入某条细小的血管,之后便缓缓地将液体注入。当我把蘸好酒精的棉花贴在针眼儿上时,他们会问我:怎么,已经打完了?是的,打完了,您没感觉吗?没有,一点儿感觉也没有。此时我满心欢喜,因为那个屁股会转告其他屁股,然后整个社区的屁股都会排着队等待我给它们打针。

我外孙女在后背上文了一条龙。姥姥,你看,她撩起毛衣对我说。那条龙漂亮极了:一条巨龙,披着金色的鳞甲,扬着气势汹汹的脑袋,顶着紫色的龙冠,血口大张,向外喷射火焰。这种活儿我着实干不来,即便在打针方面我是能手。嗯,当然了,文身是一回事,注射是另一回事，然而它们确有共同之处——针，并且都要把液体注入体内。只是前者注入的液体用来在皮肤上为梦想定名、着色，而后者注入的液体用来为疾病定名、着色。一个在皮肉上施展影响，另一个则在脏腑内发挥功效。总而言之，两者是亲戚，可以说是远房表亲。

我在网上认识了一个小伙子。他说自己三十岁，但谁知道呢，网上没人说实话。当然，我也没说真话，我说自己四十岁。年轻了二十岁。我知道就得这么做。或许有趣之处恰恰在于在重重面具之下掩藏自己。皮兰德娄说过，揭开一层面具之后，总能发现另一层面具。我有成百上千只面具，并在更换面具中发现乐趣。一赌输赢的游戏令我痴狂：现在的人已经不再去赌了，而我却喜欢冒险，去押红色或是押黑色，然后等待输赢所带来的惊喜。我不在意失败，我喜欢之前的过程。总之要等待——世上最令人兴奋的事情：濒临深渊、游移不定，是一头跌落还是平稳立足于地面，甚至在兜里发现一大把金币？我说的不是赌博游戏，而是恋爱游戏。我总去冒险，经常失败，但时不时也能赢。

人在剧院也会遭遇输赢，而更寻常的则是坠入朦胧的迷雾，不了了之。说起戏剧演出，我喜欢隐藏在它身后的那些顽疾：孤独之疾、流浪之疾、与陌生人同居之疾、不停伪装之疾。这一切精神之疾有时让你欣喜若狂，有时则令你沮丧得只想一死了之。洛丽说他们把我赶走是因为我不守规矩，因为我经常和同事们打情骂俏——一方面为了打发时间，一方面为了让自己不至于百无聊赖——可她哪里懂得恋爱游戏？如果是一个八十岁的老头子，即便他连站都站不稳，人们也会为舞台上的他鼓掌欢呼，然而一个女人则会被一脚踢开：你觉得一具七扭八歪、苍老枯萎的身体要如何吸引观众？他们赶我走的原因不过如此。然而事实却是，我丝毫没有人老珠黄，在六十岁的女人里，我是个奇迹，不信可以看看我的双腿。无奈在剧院里，才六十岁，人们便把你当作一百多岁的老太太。只有舞台上需要一位百岁老人时，或许那个角色才能轮到你。可一个百岁老人能干什么呢？顶多跑个龙套。有百岁老人成为过剧目主角吗？整部戏剧史里也找不出这个岁数的主角。所以卷铺盖走人吧，少在这儿添乱！

于是我落到了靠给别人打针挣钱的地步。如果不具备点儿娱乐精神，这份营生简直让人想去寻短见。我注意观察屁股上痣的分布，并把它们当成星座：仙后座、大熊星座、小熊星座、北极星。有些人的屁股上有好多痣，还有人长着脓包，我把它们看成随时可能爆发的小火山，而胖屁股上的那些褶纹仿佛是古代水道的遗迹。让屁股说话，我以此为乐。

然后我把这些讲给外孙女听，她是唯一肯听我说话的人。我女儿太一本正经了，听不下去这些屁股用语。哪怕只听我说出"屁股"一词，她都会大惊小怪，更别提其他了。一个热爱阅读、总是把头埋在书里的人听到粗俗的字眼会感觉难堪，可屁股有什么粗俗之处？你还能怎么称呼屁股？把它大写？这就如同你想换个方式称呼铁锅，因为它们的名字太过平庸。那么，如果我想要一口铁锅，就不能说：我想要一口铁锅；得说：我要一件圆盘形状的铁制品。荒唐不？没人能懂我的意思。或者一把锤子，我该如何称呼它？顶部嵌有铁质平行六面体的一段木头？胡话！

你也可以使用"屁股"这个词，我女儿——正经人玛利亚会这么说，但作为一个词语，它穿得太严实了，缺乏暴露在外、等待被一只如你这般轻巧又专业的手扎上一针时的那种赤裸感。我们可以这么说，屁股就是屁股，说出这个词语没什么不妥，就连小朋友们也很乐于听见这种说法。难道妈妈不会说"小宝贝，你把小屁股擦干净了吗"？既然如此，有什么好羞耻的？我女儿就是块烫手的山芋，一个热恋那个小弗朗索瓦的呆子——那位金融人士穿着讲究，长着一双大手和一对小脚，她和他一起旅行度假，去探索世界。去年他们去了埃及，差点儿被一群暴戾的小青年毒打一顿。前年他们去了印度：加尔各答、瓦拉纳西。玛利亚照了一堆照片，说实话，技术很一般，但都是用相机照的，不用手机，不发自拍。那两个还没直立行走的人不待见吹毛求疵的高科技。然而他们却乘坐飞机。另外，我敢打赌，他俩是在网上订的酒店。不过也许不是，那两位可是敢连个铺盖卷都不预订，就到瓦拉纳西去的，最终落得入住最低档的民宿。那儿臭气熏天、远离城中，一转身的工夫他俩就能被偷个精光。

12月15日
亲爱的弗朗索瓦：

我母亲一边对着她的口袋录音机说话（甚至可以说

是窃窃私语）一边走出家门。洛丽也出门了，一如既往地摔门而去。那"砰"的一响把我弄得浑身激灵，她想以此告诉我什么？她再也无法忍受这套公寓，无法忍受姥姥，无法忍受我们拮据的生活，无法忍受我们经受的窘迫，无法忍受我——我整天只顾翻译，不是一位称职的一家之主，甚至不是一位好母亲？她可以亲口对我说，有时她的确忍无可忍，但摔门声是一种更明确的表达，它直抵大脑，像一支毒箭般刺进双耳。

这令我想到摔门的舒夏特夫人——你记得《魔山》吗？她永远姗姗来迟，走进疗养院的餐厅时砰的一声把门关上，使得所有吃饭的人都抬起头看她。她衣着优雅、举止傲慢，妩媚动人地在餐桌间穿行。爱上她的汉斯·卡斯托尔普兜里藏着她患病胸部的 X 光片，拿来在私底下偷偷地亲吻。你记得吗？像我这样看书成瘾的人的阅读记忆总是与生活经历交织在一起，很荒唐，不是吗？它们彼此融合、纵横交错，仿佛我曾身临其境：那扇门发出的轰然一响就在我耳畔，它属于我，正如其他属于我的个人记忆一样。这究竟该算作优点还是该被指责的所谓莫名其妙？我在向另一个看书成瘾的人发问，因此回答不算数，有失客观。但亲爱的，客观存在吗？我认为它并不存在，每个人都只图自己方便，只为自己的磨添水[1]。为的是磨碎麦子得到面粉，否则在干吗？玩水吗？

我独自待在空无一人的家里。我喜欢在这安静的、孤零零的房间里独处，这儿是我睡觉的地方。我多想拥有一间书房，把自己的书摆满四壁，但家里不够大。我们仨每人一间屋子，除此之外便没有其他多余的房间了。卫生间只有一间，厨房也一样。我要写作的时候就得坐在一张小桌子旁，它卡在床和窗户之间，挨着那张推到墙边的小沙发。幸亏卫生间紧邻我的房门，方便我随意进出，除了洛丽将它反锁，待在里面抽她那些臭气熏人的香烟时。

我喜欢在这一纸信笺上和你单独相处，它会缓慢地踏上旅途，到达你在里尔[2]的家里。亲吻你那沙哑而悦人的声音。我得和你说再见，回去翻译了，工作在等我。

希望早日相见。

给你温柔的拥抱。

你的玛利亚

---

[1] 在意大利语中，"为自己的磨添水"意为只为自己的利益着想，即便这要以损害他人的利益为代价。——译者注
[2] 里尔：法国北部城市。——译者注

12月16日

我回到家,发现妈妈正在写信。她不用电脑。我那令人膜拜的妈啊,她穿着一条拧巴的裤子,一件肥大、开线的毛衣,坐在那把矫正坐姿的海绵转椅里,拿着一支钢笔写信。女士们,先生们!不是圆珠笔,而是一杆真正的带吸囊的钢笔,来自另一个世界的物件。每次都要用那种黑色的液体给它灌满,如果蹭到一只手指上,会把整张纸都弄脏,可她就喜欢这样,我妈是古代人。她给谁写信?我就这么一问,其实我知道她是给那个可笑的法国人写信,他每次打电话都用法语管我妈叫"我的爱人"。他们保持通信已经好几年了,每隔三四个月见上一面:每当那个可笑的人有假期的时候,他便从工作的城市里尔出发,来到意大利。他俩一起租辆汽车,然后四处游览——幸福地手牵手参观阿格里真托的神殿,或是庞贝的古罗马别墅,或是威尼斯的街巷。我看过他们的照片。她把它们藏起来,尴尬地说,那些是我的东西。哎哟!妈,你想哄谁呀?你像个傻子似的恋爱了,和那个滑稽的法国人,你俩的矫揉造作太可笑了。有一天，趁你不在家的时候，我和姥姥看了所有照片，我俩都笑疯了：两个四十多岁的人跳进加尔加诺半岛的海里，并排游泳，然后在一块仿佛特地为他们预备的岩石上接吻……还能再傻点儿吗?!而家里除了书还是书，满屋子的纸，经典的、现代的，能满足各种口味，因为我那绝顶聪明的妈看起书来就像一头马来貘，总是把鼻子扎进书里，我家有好几百本书。貌似那个里尔的弗朗索瓦也一样爱看书，他俩出游的时候行李箱里装满了书。两个疯子，估计他们连换洗的袜子都没有。

我的龙对我说，它在家里待烦了，想出门，可我得做作业！作业你以后再做，来吧，咱们走！那就出门吧，但去哪儿呢？它推挤我的双肩，于是我冲下楼梯，跨上摩托，疯子般地一路狂飙。我喜欢风打到脸上的感觉，它也一样。龙紧贴在我背上，每当心满意足的时候便喷出五颜六色的火舌。我看到一团团烟圈从我胳膊底下冒出来，知道它此刻兴高采烈，像蠕虫般扭动，吞下好几公斤空气——它特别喜欢吞噬空气，然后把它变成云或者烟的模样喷出来。狂飙，狂飙，但我不知道自己要去哪儿，不过我的龙知道，它在背后推着我，当我们转弯朝郊外行驶时，我终于明白这是要去从前的小花园（它如今已变为废品站）问候那个住在灌木丛中的流浪老太太。我摸了摸兜，看看自己是否带着钱包，幸好它就在那儿幸福地睡大觉。那条龙再三催促，我冒着撞车的危险闯了红灯。管他呢。我在街角的酒吧停下车，要了一杯双份浓缩的卡布奇诺，让他们打包进纸杯里并扣上密封盖，又要了两个牛角面包，装进纸袋里。到达小花园时，太阳正要落山，到处都是苍蝇，流浪女人张开没有牙齿的嘴和我打招呼。我从摩托上下来，在她身边坐下。她正在用凉水冲开罐子里的一点点奶粉，谁知道她从哪儿弄来的这只罐子。

我给你带了杯卡布奇诺，而且是双份的。她为了表达感激，用黏糊糊的嘴巴在我脸上印上一吻。我就不亲你了，你需要钱吗？她没有回答我，而是满脸疑惑地看着我：这个傻丫头要干吗？来这儿给我送钱，把我当成要饭的了吗？她自认为是昔日花园的女王，尽管这里已遭废弃，如今被当成废品堆放站。她住在这儿就像住在家里一样，生活在报废的自行车、被老鼠啃过的床垫、破旧的冰箱之间。她是这里绝对的主人，不明白我想从她那里获得什么。过去的经验告诉她，如果有人接近，一定是想辱骂她、责备她，甚至打她，把她赶走，或者也许只是对她进行一番说教。她早已习惯被歧视、被虐待，毫不指望从接近她的人那里得到任何好处，也许他们来是要夺走她仅有的家当，或者给她当头一棒，把她从这一带清理走，因为她浑身臭气，有碍观瞻。我谨小慎微地把纸杯递给她，她满腹狐疑地盯着杯子，然后突然从我手中将它夺去，一饮而尽。你不吃牛角吗？她把面包也从我手里夺走，但把它们藏了起来，估计是要等过会儿饿了再吃。她满头白发，一绺一绺的，坚硬地板结着，好似用大理石雕刻出来的。她有一双非常美丽的大眼睛，如同天使的双眸——他刚关上天堂之门，那里规矩太多，颇为乏味。为了顺从自己的天性，她住在这堆垃圾里，期待着，但没人知道她期待的是什么。她吃东西不咀嚼，大口整吞下去，和时不时来我家阳台找我的那只海鸥一模一样。它知道我会喂它面包、橄榄或几块饼干，它用那双坏坏的眼睛盯着我，伸长脖子叼走我手里的饼干，但它不会把我弄疼。它的喙尖利而危险，能把我的眼珠啄掉，但它小心翼翼地叼走我喂给它的食物，一口吞下去。难道你没长牙齿吗？我问它，而它则伸长脖子叼走我托在手里的另一小块比萨：海鸥伸开翅膀仿佛有两米宽，取走食物时小心谨慎，颇有分寸，吃东西的样子和这个没有牙齿的流浪女人简直毫无二致——她吞下牛角，然后在嗓子里捣鼓，仿佛食道能把面包碾碎似的。我不知道自己为何来找这个脏兮兮的老妪。她双手肮脏，头发油腻污秽，堆得挺立起来。这令我恶心，但我还是来了，因为龙想让我这么做。是的，现在我可以说，是它把我推到这里的。你能听见我的话吗，多拉塔？老太太有自己的名字，她在一个寒冷彻骨的早上告诉过我她叫多拉塔，那天我给她送来一条棉被。我对她说，这听上去像一条鱼的名字，她笑了，那张没有牙的嘴令我厌恶，但我还是紧紧握住她的一只手，因为希望她明白，我觉得她很可爱，即便我心里感到膈应。你觉得你是谁啊，新一代的圣方济各吗？我听到姥姥的声音，她在取笑我。我转过身，但一个人也没有，是那条龙在模仿杰苏伊娜的声音，就像一只鹦鹉。这回笑的人是我。我拿出钱包，往多拉塔手里放了一张二十欧元的钞票。她睁大双眼，像被拽出水面的鱼一般，或许这回她明白了：我不会从她那儿拿走任何东西，不会打她，不会往她脸上吐口水，也不会把她从这废品中间的窝里赶走。她动作从容地把纸杯往身后一扔，丢到废品堆上，抓走那张二十欧元的纸币,之后便把后背转向我,回去继续忙活着摆弄一块锈迹斑斑的自行车铁件。再见!我向她道别,但她没有回答我,弯着腰琢磨如何能让那块铁派上用场。我又说了一次再见,等她回答,可她依然没有理我。我骑上摩托车,朝家的方向疾驰而去。

12月17日
亲爱的弗朗索瓦:

我刚去看过医生,他说我得了慢性结肠炎,是神经性的。今天上午我疼得直不起腰,为此不得不中断手里的翻译,我以前从未间断过。我必须多走路、少看书、吃东西细嚼慢咽,而且要吃熟透的东西,不能再吃生冷的,会刺激肠道,尤其不能再吃过期之前最后一刻才打开的罐头了,也不能喝酒,不能生吃水果。然后就是休息,再休息,大夫让我务必遵守医嘱。可我怎么能休息呢?几天之后,我就得交一份将近四百页的译稿。另外,我还得买菜,因为母亲根本指望不上,女儿就更别提了。我得做饭、打扫家里的卫生。幸好她俩至少还自己整理床铺,虽然洛丽仅限于把被子往床上一摊。而母亲则会把床单铺得平平整整,还经常更换,说她喜欢新洗过的东西的味道,可是由谁去洗呢?

我不是给你买洗衣机了嘛!她怒气冲冲地提醒我记得这份十年前的礼物,那是在一个荣耀的时刻,她在电视节目中露脸,人家给了不少钱,而且是当场现金支付。可是衣服不会自动到洗衣机里去,得按颜色分类,加入洗衣粉,检查运转是否正常,然后把搅缠在一起的衣服拿出来,抻开晾晒,等干了以后再熨平。不过我已经好久没熨过衣服了,因为实在没空。我把晾干的衣服叠好,放入衣柜。有时妈妈会边熨衣服边大声唱歌,仿佛为了责怪我似的。

我并不想为一家子女人之间的鸡毛蒜皮自寻烦恼。三代女性为生计所迫不得不互相忍耐。然而,如果没有母亲和女儿,我会孤独到绝望。家人之间的情感颇为复杂,暗藏着无法预知的爱恨纠葛。彼此深爱,却又互相憎恶。无法忍受家人的某种行为、举止、选择,然而与此同时,一想到有朝一日这种亲密终将远去,又会惶恐不安。洛丽迟早会嫁人,虽然现在想这事为时尚早,但我知道她早就迫不及待地想离开。母亲也终将离去,虽然从她表现出的活力来看,她还能再活五十年。是的,我太过焦虑了,你也经常这么说我:玛利亚,你操心的事太多了,为你自己而活,别总是为别人消耗精力,多想想自己,多睡觉休息,省点儿心,她们的事让她们自己解决。如果没有你,她们怎么办?

你说得对。我身上有种小蚂蚁的天性,四处搜罗饭粒,把它们背进蚁巢。这种天性鞭策着我,令我从早到晚不停奔波,翻越那些对我而言无比险峻的山峰,而其实它们不过是路面上和缓的起伏罢了,这取决于角度,不是吗?我去年翻译了一本谈论时间的书。银河系穿越了千千万万年,太阳系飞速运转,包括亿万颗闪烁的恒星。对我们而言,它们意味着什么?我们必将觉悟,发现自己与一只朝生暮死的昆虫别无二致,只不过我们掌握了测量时间——这一残酷无情之物的技巧。我们学会了赋予它某种意义、某种展望,这样生活便在我们面前展开、伸长,光辉灿烂地延续。然后我们又发明了一种既富有诗意,又令人心痛的物件——手表。我们在洁白的表盘上仔细观察时间,计算小时、分钟、秒。时间引导和规范我们的生活,而我们则认为自己仿佛是它的主人。然而时间并不存在,弗朗索瓦,混沌支配着我们。

正如对于那只昆虫而言，两分钟便是两百年，人类也在欺骗自己，他们把一天当成一年，把一年当成五十年、一百年。何等奢侈！

我爱你，弗朗索瓦，请别在意一个女人的杞人忧天，她不过是在宇宙的光阴面前感到忧虑和困惑而已。然而我们存在于世间，虽明知终将消逝于转瞬，却依旧彼此依恋，这便足矣，对吗？

你的玛利亚

12月18日

大家已经开始为圣诞节做准备了，太烦人啦！妈妈那儿已经火烧眉毛了，因为得赶着交她那四百页的译稿，那是福楼拜的一本极其枯燥乏味的书。因为已经晚了，所以她现在几乎不睡觉：夜里伏在那张小桌子上一直工作到一两点；早上六点，我刚睡醒上厕所的时候，她就已经起床了，手里还拿着一本词典。那个点儿姥姥还在打呼噜，我上完厕所会回到床上接着躺会儿，即便闭上双眼，也能看见她那张脸，简直就像一只绝望的乌龟，冷漠地写啊，写啊。

圣诞节你想要点儿什么？图陆问我，他总是一丝不苟，所有事情都得提前安排好。嗯，我想要……可我说不出来，因为真的不知道自己想要什么。跟我说说你都喜欢些什么，总有你感兴趣的东西吧。对了，狗，我特别想要一只狗，把它抱在怀里，带它出去溜达，和它一起跑步，跳高，我也说不清楚。其实我自己一直想养条狗，但妈妈不同意，因为她说养它就得照顾它，那么谁负责喂它吃喝，谁负责出门遛它？妈，这些我全包了，你有什么好担心的？我担心是因为我知道之后事情会怎样：你把它圈在屋子里，弄得到处是狗毛，然后你骑上摩托出门潇洒去了，把它丢在家里忘个干净，得我去遛狗、擦地、给它喂食，我太了解你了。可家里有三口人啊，还有姥姥呢，她不能出门遛狗吗？你姥姥指不上，明白吗？然后话题就此结束，不可能让她改变主意。洛丽，说说圣诞节你想要什么礼物。她也问我这个……难道你们就不能不提问，直接送礼物吗?!我都知道，到头来又是送给我两三本书，最后还是她看，因为我会把书随手乱放。让我看书的话，一会儿我就会烦，看着看着，那些文字就开始跳舞，如同翻着圈儿转来转去的苍蝇一般，于是我便把摊开的书倒扣在沙发上。妈妈发现书扣在那儿，就会冲我嘟嘟囔囔，而我会针锋相对地回嘴：你一心想让我变成你的翻版，但是妈，这就是你的不对了，因为我一点儿也不像你，我可不是个只知道看书和围着灶台转的女人，也不会给那么一个法国呆子写情书。他只会献上热吻，他送过你哪怕一份礼物吗？我指的是有点儿实用价值的礼物。她一定会说，我不需要礼物，那副自豪的神情简直像一只啄木鸟，弗朗索瓦的爱已经是一份无与伦比的礼物。妈妈，你真的栽进了最老套、最庸常的爱情陷阱，和随便某个小姑娘没什么两样。你错了，洛丽，我很享受六年以来一直爱着同一个男人，也被他所爱。除了保持通信以外，我们还一起做许多事情：一起计划旅行、周游世界，我们自由而快乐。幸福的一对儿，我这么回答，但与此同时，我给了她当头一棒，因为她还不如一个没长大的小女孩：妈妈，你知道吗，爱情是不存在的，世界也不存在，它就像一只胀气的旧皮球一般易碎。

12月19日
亲爱的弗朗索瓦：

　　这个家颇为奇特：我写信；女儿写日记，把日记本藏在墙壁上的窟窿里；我母亲脑中想到什么便将什么记录在她那台迷你录音机里，并把它藏在某个兜里。有时我能听到她说呀，说呀，仿佛在向自己发问。我还能听见她的笑声，幸好她是个快乐的女人。这一家人倒不会个个噘着嘴、板着脸，但的确都好争吵，因此我们不停地斗嘴。几个性格迥异的人生活在同一屋檐下，也许争吵在所难免。

　　我女儿大方了一回：她把自己的电脑拿给我，让我用Skype和你通话，还说这是最便捷、最省钱的联络方式。这样我不仅可以面对面地看到你，还能听见你的声音。但我对她说"不"，一个斩钉截铁的"不"。如何才能让她理解距离是一种富于诗意的境界？我们以文墨滋养的距离之美，难道要遭受那件庸俗之物的抹杀吗？它不过是一部带有移动图像的电话而已，我所拥有的想象力远比那件用铁皮和玻璃做成的玩意儿强大得多。写信的时候，你仿佛近在眼前，我看到你的双手掠过纸面，闻到你的身体散发出的气息，听到你的声音在回应、在询问、在抚慰。那台糟糕透顶的机器看似能够拉近人与人之间的距离，实际上却让人们彼此疏离。比起它，借助文字发挥想象所带来的满足感强烈许多许多……

你说起过，圣诞节时打算到我这儿来。目前没遇到什么阻碍吧？我已经在计划新年晚餐了，真希望你能和我们一起庆祝一次新年。现在你母亲不在了，我能确认你会来吗？你想吃点儿什么？爱吃龙虾吗？还是更喜欢填馅儿的火鸡？我母亲做五花肉葡萄干栗子馅儿特别拿手，我让她准备这道菜？洛丽说甜点由她来做，不过不能真指着她，自从她在背上文了那条龙以后，我就觉得她越来越放纵自我，随时都会远走高飞。

福楼拜令我的内心无法平静。为什么他说"爱玛·包法利就是我"，然后又严厉地批判她，鄙视她，把她当作敌人看待？难道他在和自己作战吗？有时我认为是这样的。他浓墨重彩地嘲弄爱玛的异想天开，可他本人岂不比自己笔下的人物更爱做白日梦吗？他是在爱玛身上惩罚他对自己的厌恶吗？为什么他不遗余力地让这个可怜的女人显得如此可憎、不忠？而荒谬的是，之后所有人却都把她视为争取女性自由的英雄。探访老奶妈的那一幕令人深恶痛绝，爱玛把尚在吃奶的女儿交给奶妈照料，然后到孩子所在的乡下，奶妈那个清贫简陋的家中探望。她把孩子抱在怀中，温柔地对孩子吟唱，但当婴儿刚把一点儿奶吐到她身上，她立刻气急败坏地把孩子放回寒酸、肮脏的摇篮里，只顾把自己的衣领弄干净，再不关心女儿了。后来，当女儿已经六岁大时，有一次因为太过用力地抱住她的双腿，被她一把推倒在地，脑袋撞在柜子的棱角上，鲜血直流。而这位年轻的母亲，有着雪白的双臂和满面天使般笑容的爱玛做了什么？她没有弯下身子把孩子从地上扶起来，为自己的行为道歉，而只是随便给孩子贴了一块橡皮膏，还责怪孩子不小心。丈夫回来时，她指责女儿笨手笨脚地摔倒了，隐瞒了自己把女儿推倒的真相。此外，看着受伤的女儿睡着时，她还暗自想着：这孩子多丑！总之，爱玛看上去不仅是位差劲至极的母亲，还是个冷漠、自私、缺乏细腻情感的人。这就是居斯塔夫想要表达的吗？他本人同样不幸福，生活在自己反感的外省，却因对母亲忠实的爱而始终留在那里。他对母亲百般顺从、依恋，以至于对她隐瞒自己与路易丝的关系，致使那个可怜的女人不得不把写给他的信寄往他朋友的住址。而当她不顾一切禁忌，决定前去找他的时候，他把她拒之门外，还在母亲面前羞辱了她。这是懦弱还是卑鄙？然而，当母亲担心他的癫痫旧疾复发，禁止他外出划船时，极度热爱划桨的居斯塔夫一言不发，顺从地放弃了心爱的船只——永远。可是，他在自己的书中从未塑造过强势、专制的母亲形象。难道爱玛该替那个专横、自认为在保护他实际上却在折磨他的母亲遭受惩罚吗？

你博览群书，熟悉法国文学，我喜欢和你一起探讨，聆听你那智慧的声音。尽快告诉我你是否能来过节，我期待你的到来，这样你就能更加了解洛丽，以前你们只在门口见过一两面。她总是骑着自己的摩托飞奔，而你一向来去匆匆，或坐火车，或乘飞机。这一次，虽然你无法与母亲欢度圣诞，但我们可以在家共进晚餐，然后出发，前往某处只属于我们的地方游览——尽管能够静享安宁的地方越来越少，这个世界被搅得动荡不安，四处遍布着战争、危机、因受恐怖主义侵扰而逃离故土的难民，还有疾病、饥饿。我们去荷兰如何？这次选择一个不太遥远的目的地，对你而言，那是一片未知的土地。在我丈夫去世之前，我曾和他去过那里，但停留的时间很短。我们可以一起去博物馆看你热爱的梵高。阿姆斯特丹堪称水上之都,并与大海神秘相连,你会喜欢的,不是吗?

我得回去翻译了,虽然很不情愿离开你。张开双臂抱住你,以无尽的柔情将你紧紧拥在怀里。

你的玛利亚

12月19日

我说,老妈,你还总是写信给那个无聊的弗朗索瓦吗?孩子,如果爱,就要爱到底!听听,这算什么回答!你还不烦那个相距遥远、用纸给你写信的土老帽儿吗?我喜欢信,弗朗索瓦也喜欢信,他的双手曾放在这些纸上面,你懂吗?我能从每一页信笺上感受到他身体的气息。妈,你已经多愁善感到酸不溜丢啦!那是我的事,你管不着。的确如此,但我得告诉你,你真是太不让人省心了。每当我这么对待她的时候,她总是蜷缩在自己的双肩里,就像一只受到惊吓的小鸟儿……是我吓着她了吗?我觉得并没有,不过也许是我令她害怕。她仿佛不认识我一般：我什么时候、在哪儿生下这么一个与自己迥然不同的女儿？我觉得，当她缩在双肩里，转身把后背冲着我，又开始写那些愚蠢到家的情书时，心里准是这么想的。

我和姥姥聊了很久，我们谈到了在垃圾堆里却生活得颇为惬意的流浪女人，还说起了图陆。她对流浪女人毫不在意，提不起半点儿兴趣，却对图陆十分好奇。能让我认识认识他吗？她说。你要认识他干吗？没什么，就是为了认识认识……但我立刻明白了其中的蹊跷：她想见他，跟他眉来眼去。天哪，姥姥，你都这把岁数了，难道不觉得害臊吗？我又没强迫他们，没强奸他们，只不过温存地望着他们，告诉他们，他们很帅，他们的皮肤棒极了，他们的眼睛像车灯一样亮。他们都特别高兴，同意和我约会，但从没发生过什么，我还没傻到和自己孙子辈的小男生上床。我只想有人凝视我、欣赏我，如果一切顺利，我便送上一吻。姥姥，吻？你这么做比男色鬼还流氓。你错了，这儿没有女色魔，只有一个柔情似水、爱上爱情的女人。你的行为像头狼，但你不是狼，你只是个没人要的老太太。可是孩子，我就像只苹果一般令他们垂涎，我觉得，这些可怜的小男生很寂寞，没人听他们说话，没人把他们当回事儿，没人对他们说，他们很漂亮、有魅力、十分性感。听到有人夸奖，他们都特别惊喜，几乎要坠入情网了。而你要趁机睡他们！我喊叫着，摆出一副剑已出鞘、时刻准备刺杀的架势。没有，傻丫头，完整的爱是年轻人的事儿，我对此没兴趣。我只用眼睛尽情品味那些身体，这样我就很满足了，至多亲几下，为了不让他们失望。姥姥，亲几下？你可真是不顾脸面啊，你也想这么勾搭我的图陆吗？没有，我开玩笑呢，我不碰你的图陆，把他整个都留给你。

这就是我的姥姥杰苏伊娜，她特别擅长搭讪男人。别看我的岁数远比她小，在这方面却毫不在行。关键在于她从不觉得难为情，她坚定地勇往直前、满怀自信，也总能成功地令他人臣服。姥姥，你真是个奇才！她笑了，拿出演员的腔调，就这么站着背诵起米兰多琳娜[1]的台词来。她倒背如流，因为从少女时代起，她就开始扮演这个角色，参加长途巡演，周游意大利。她的表演一定很出色，因为那部《女店主》至少在三百多家不同的剧院里演过三百多遍。然后，她爱上了一位男演员，那

---

1 米兰多琳娜：哥尔多尼喜剧《女店主》中的角色。——译者注

个蠢货立马就把她弄怀孕了,她只好停止扮演米兰多琳娜,而他则一病不起。姥姥照料了他很多年,直到他去世。可怜的姥爷,我都没见过他,姥姥说他特别出色,观众为他鼓掌鼓到手抽筋。家里留着他的几张照片,但都是黑白艺术照:一个个子高高的男人,既不算丑,也不算帅,留着两道很有个性的小胡子,戴着一顶礼帽。姥姥,给我讲讲姥爷的故事,那位让观众鼓掌鼓到手抽筋的男演员贾科莫·卡斯卡蒂。你想听什么?他很帅,声音美妙极了。他办事毫不含糊,但怯懦得少见:当我告诉他自己怀孕的时候,他立刻否认孩子是他的,说死也不打算要孩子,谁知道你跟谁怀上的,你从不懂得贞操,不知道小心,谁知道你都干了什么!那时我非常爱他,只跟过他一个人,所以特别生气,对他重申:孩子就是你的,只可能是你的,我遇到你时还是处女,只和你一个人上过床。但他说什么也不相信我。在他眼里,我是个自由开放、没脸没皮的女孩,他觉得我会和所有人上床,而我当时像个傻瓜,都不懂得采取避孕措施,因为我那时确实天真,根本不懂爱情,更别提想着除他之外的其他男人了!姥姥,可你现在把自己对于性的纯洁无知整个又重来一遍。现在不会了,我已经是成年人,该知道的都知道了，我了解自己的欲望，并竭尽全力让这些欲望得到满足。我并没有很高的奢求，但一点点还是有的，即便在六十岁，欲望也不会完全消失。你去问问六十岁，甚至是八十岁的男人，他们觉得自己想要小姑娘，想把她们弄上床，这是天经地义的事。而我们女人呢，就连看看某个漂亮的身体都不应该，我们立马就变成了老巫婆、妓女，一无是处，还有女色魔，就像你说的那样。姥姥，这些都是旧思想了，现如今，六十岁的女人当然可以给自己找个情人了！等你六十岁的时候就知道啦。她干脆地回答了我。

是的，姥爷就是照片上的那个男人：高挑、清瘦、八字胡，两只眼睛靠得很近，有点像老鹰，鹰钩鼻，两只农民的大手。他的确是农民的儿子。姥姥杰苏伊娜说，他的父亲阿伊达诺及其妻子洛萨丽娜都浑身带着羊臊味儿，而我的父母则雄心勃勃，他们让我读书，所以我上了专科学校，一开始我本想当外科医生，但因为学费太高，于是不得不选择学习戏剧表演。他们认为我应当成为老师，或者当外科医生，但我已然下定决心：我掌握了地道的意大利语，不再说老家的方言，我的举止像个城里人，而我这位戏剧专科学校的同伴也一样，不仅是个又高又帅的小伙子,还说着一口标准的意大利语,不带一点儿口音。只是当我怀孕时,那个缩头缩脑的放羊娃又回来了。他一口否认,不仅否认,而且根本不想听关于孩子的事。姥姥,可之后姥爷不是认妈妈了吗?嗯,那是在她长大以后,所有人都对他说孩子太像他了,简直就是他的翻版。最后,直到他临死前,在所有亲戚的坚持下,他才和我结婚,并且认了你的母亲——玛利亚。

12月21日

到底想不想开机?你这个迟钝的小马达。我有有趣的事要对你讲。

昨天有人敲门。我去开门,站在我面前的是个漂亮男人。他鬓角的头发微微灰白,但的确太帅了,小而尖的鼻子,一双忧郁的大眼睛,颜色颇为奇特,泛着淡淡的紫色,嘴唇丰满、红润,嘴角挂着微笑,两条长长的胳膊如同猩猩的一般,一副运动员体格,没有小肚子。你明白吗,没有小肚子,现在这有多么稀奇:所有人到一定岁数就开始长小肚子，鼓得跟皮球似的。谁知道男人们为什么都大腹便便，他们挺着个肚子，仿佛想要生个孩子，就像在说：快看，这里不都是肠子肚子，这里有个美丽至极的小女孩，她就等着呱呱坠地，扑过来用双臂搂住我的脖子，而与此同时，我把她隐藏起来，让她避开那些觊觎的目光。我和她，她和我，妙不可言的小闺女和她的爸爸，你觉得如何？爸爸们总是希望所有的女人都永远是小女孩，娇小、脆弱、需要保护、随叫随到、天真无邪、温婉可人、惹人怜爱。只要想想看，就会发现在每首美国爱情歌曲里，热恋中的情郎都会称呼自己的爱人为"我的宝贝"[1]。这难道不奇怪吗？他们喜欢你，直到你依旧穿着小鞋子和露脚踝的白色短袜；直到你衬衫下面的胸脯微微隆起；直到你让长发自然而然地垂在肩上，毫不在意颜色、造型，任凭它质朴无华；还有眼睛，只有当眼睛闪烁出纯洁、信赖、羞怯的光芒时，它们才惹人怜爱。啊！她正是那个令人垂涎的小女孩，他们会立马把她娶走。然而当一个女人的私处开始水草浓密、胸部日渐丰满、双目直视前方，他们便对她

---

1 原文为英文"my baby"。——译者注

忍无可忍：这个趾高气扬的瘦高个儿是谁？你把内心里那个温柔典雅、腼腆缄默的小女孩藏到哪儿去了？你把自己身上那个曾经羞涩、迷人、惊恐、纯真的小姑娘赶去何处了？我认不出你了，你把腿上的汗毛褪去，你修剪眉毛，你阅读关于爱情和奇遇的书籍，你开始梦想力所不及的种种，然后自命不凡地算计、衡量、评估，甚至竟然以一己之见对另一个人品头论足。总之令人生厌。你为什么不停留在从前？你怎么能容许自己的私处和腋下生长出那些卷曲的毛发？你怎么能放任自己变得丰满、端庄？你知道吗，这令我兴味索然。

没错，这就是他们的所思所想，我都心知肚明。他们岁数越大，便越是执拗于这种逻辑。而小年轻呢？是的，小年轻们尚未被全然污染，因为他们还不完全了解自己性别的历史性优势。他们喜欢被别人当回事儿，被仰慕、被奉承、被宠爱，有时还喜欢别人给他们钱花。众所周知，他们永远缺钱。这一切我都清楚，而我并没有很高的奢求，只图嗅嗅花香，采集一点点唾手可得的花蜜，享受这种乐趣的同时又不给双方造成过多的困扰和麻烦。

唉，我都说累了。我这叫自言自语，就像外孙女洛丽所说的那样。弄不明白他们为什么给她取名叫洛雷达纳，最后干脆叫她洛丽。她越来越像她的外祖父，演员贾科莫·卡斯卡蒂——玩世不恭、才华横溢、备受青睐、自私自利的卡斯卡蒂。他永远四处巡演，一直领受崇拜，总是被人喝彩。这个和我同床共枕的人，起初我们一块儿坐公共汽车，之后一块儿坐火车，最后是汽车，甚至还有司机，出类拔萃的卡斯卡蒂负担得起，但是他大手大脚、挥霍无度，去世时只留下一身债务。

言归正传，差点儿忘了讲今天早上的事：我打开门，看到面前的这个漂亮男人。当时我一定满脸问号，因为他微笑着（一种天使般的微笑——他飞得很低，停歇在树梢上，从窗外窥探）对我说：我是弗朗索瓦，您没认出我吗？哎呀，没有，我真的没认出是他，上次见面的时候他站在门口，戴着一顶大帽子盖住额头，脸颊上还贴着块创可贴，兴许刚刚点过痦子，用它遮住疤痕。谁能认得出来呢？啊，你是弗朗索瓦？我对他说，请进，请进，真高兴再见到你。我其实还想说：我的神啊，你实在太帅了！但我忍住了。他走进屋，一直微笑着，放下了行李。玛利亚呢？她去早市了，这就回来，你没跟她说过你来吗？没有，我想给她一个惊喜。

太惊喜了！她肯定高兴！你是打算在这儿和我们一起过节对吧？当然了，我就是为了这个才来的，以前我母亲在，不能丢下她孤单一人，现在她去世了……他四处瞧瞧，仿佛在问自己：我这是在哪儿？他似乎对家中的凌乱不太满意，受不了书籍散落得到处都是。嗯，你先坐，我给你煮杯咖啡吧？但他说不用了。玛利亚几点回来？一会儿就回来，你别着急，她有好多工作要做，不会出门太久的。我感觉自己读懂了他的心思：她为了养家糊口拼命工作，你为什么不去买菜？我本想对他说我起床比较晚，实在受不了刚睡醒就去买菜，尤其受不了提那些死沉死沉的矿泉水。

多亏就在这个时候，门开了，玛利亚哼着歌进来了，刚一看见他，就高兴得尖叫一声，冲过去搂住他，购物袋散落一地。她多么陶醉地吻着他，她的弗朗索瓦！我以前从没见过他们俩在一起。每次他刚一来，就立马把她接走，从不留下来过夜。他们即刻出发，没有下文。现在他要留下来和我们一起，和玛利亚一块儿睡在她那张双人床上，而我只能忌妒得啃手指头。你在哪儿找到这么帅的男人，还一分钱不花！

12月22日

那个可笑的人来了,其实仔细观察的话,"我的爱人"并没有那么可笑,他帅得如阳光般灿烂。妈妈喜形于色,时时刻刻搂着他,真是爱得如痴如醉,尽管我觉得还是小姑娘和他更般配,他可以找一个比我妈更聪慧、更有趣、更生机勃勃的女孩。不过,对收到的礼物不能太挑剔。不对……这句话用得不恰当,应该说,他是妈妈修来的缘分,遇见了就去追求,求得后便爱不释手。老妈艳福不浅!

昨天图陆跟我聊起了他的未来计划,他很悲观,看不到希望。我打算去德国,他说,在那儿找份好工作,这儿没人重视我,也没人帮我。可是图陆,你还没上完学呢,有点儿耐心,现在移民太早了吧?可是我哥哥已经去了英国,我堂兄乔万尼去了南非,他女朋友刚刚大学毕业就过去找他了。你觉得我留在这个国家能有更好的前途吗?他们花钱让年轻人上学,之后却把他撵走。嗯,还是等你高中毕业,然后看情况再说吧。兴许我们也可以去乡下,开一家农场,养好多好多牛和好多好多鸡，咱俩卖牛犊、卖鸡蛋、做奶酪。你真是想起一出是一出啊，谁来照管牛和鸡，你吗？那有什么不成的，你觉得我干不了啊？实在看不出来你成，就你那摩托、那耳洞，还有你背后那条龙，你能去给牛挤奶、到星期天的集市上卖小牛犊、给鸡喂饲料？不太着调，我真看不出来你能早上五点起床去拾掇牛棚，然后捡干草，弄得浑身虱子、蚂蚁。可是埃托雷就做到了。你还记得埃托雷吗？他以前和咱们一个学校，比咱们大几岁，大学毕业后参加伊拉斯姆斯项目出国交换了一年，然后在一个没人烟的村里买了块地，没花几个钱，是找他父母借的。之后又把一处塌了一半的农场整修一新，买了两头母牛和几只小鸡。那两头母牛每年都下小牛，他卖了两头小牛后又买了一头母牛，之后又买了一头，用电动吸盘从母牛的乳房里挤奶。倒腾牛和牛奶的同时，小鸡长大了，又下了另外几只小鸡，这时他已经有二十几只母鸡和一只特别漂亮的公鸡，它美得像只鹦鹉，全身五颜六色的羽毛，鸡冠油亮油亮的。他总是一对儿一对儿地卖牛犊，用不了几年，他就能有一百头母牛和几千只母鸡，现在他就已经挣了好多钱了。你说呢，咱们也可以和他一样，那样的话我还能养条狗，我一直想养，名字我都起好了，就叫普罗米修斯。妈妈说，他是人类的朋友，甚至可以说是人类的第一位朋友。妈妈还说，他从雅典娜的财富中获取智慧和记忆，并把这些给予人类。此外，他还从宙斯那里偷来火种赠予人类，为了报复，宙斯把他缚在峭壁上，派遣恶鹰每天夜里去啄食他的肝脏，被吃掉的肝脏白天又会重新长出来，但夜里又被吃掉。我母亲会讲好多故事，普罗米修斯的故事我最喜欢，所以如果我养狗的话，一定叫它普罗米修斯。

姥姥问起了图陆。姥姥，他挺好的。可她还问：他帅吗？除你之外，他还有其他女朋友吗？他头发好吗？但愿他的头发不像你爸爸，三十岁就秃顶了。我没说话，因为反感她盯着图陆。你还吃醋了啊？她问我。那倒没有，姥姥，问题是我该怎么跟你说呢？你早就过气了，过气了，过气了。你这把年纪应该想着坟墓，而不是去想歌舞厅、小伙子或者其他蠢事。只要还活着，我就得让自己高兴。就像米兰多琳娜？没错，就像米兰多琳娜。你有意见吗？姥姥，米兰多琳娜跟我一个岁数。我多大岁数我自己心里有数：将将三十岁，不会比这更大，我身体健康、朝气蓬勃，喜欢寻开心，就去寻开心，你还想怎样？到了要死的时候，我就去死，完全无所谓。反正在地底下你什么也听不见，什么也看不见，除了睡觉什么也干不了，那就安息吧！

12月23日

我用蓝色的缎子在外衣内侧缝了个兜。如果不这样的话，我该把你放在哪儿呢，我的小录音机？我喜欢在上厕所的时候，或者走在路上的时候把你拿出来。以前他们都睁大了眼睛望着我：这女的疯了！现在不会了，因为现在所有人都自言自语，一条耳机线垂在胸前。即便再有人独自哈哈大笑，或者对着空气比画手势，或者因为正在和妻子吵架而发疯一般地大呼小叫，也绝没有人再为此感到吃惊了。

漂亮的法国人在家里住了下来。他那么彬彬有礼、干净整洁，实在无可挑剔。午饭和晚饭前，由他来布置餐桌，饭后也是他收拾碗碟，并且勤快地把它们放进洗碗机里。他要求每个人把自己的餐布卷好，塞进彩色木质餐巾圈中，那是他买来送给全家人的厚礼，每人一个颜色：我的是紫色的，玛利亚的是绿色的，洛丽的是天蓝色的。他给自己留了一个金色的餐巾圈，在桌布上闪闪发光。他恰如其分地措辞，提醒我们吃饭吃得太快，从饭桌旁起身太过频繁，水喝得太多，葡萄酒喝得太少。总之，他恪守自己的格调，我们都去迎合他，尽管有些许不情愿。他是爱神，谁也没法对他说不。

他不喜欢洛丽后背的那条龙。洛丽立即恬不知耻地脱了毛衣，把文身露给他看。他那副不屑一顾的神情令人联想到某位姑娘——她是那些出身良好的小姐中的一位，那时我还很小，他们把我送进修女学校，在那儿关了我几个月。当然了，刚一有机会，我就马上逃了出来。"爱神"丝毫不带女气，但斯文的举止令他稍微有一点点像个高傲的姑娘，尽管他有一副健美的男性体格，走在街上必定能使所有见到他的男人心生妒意。

昨天，他自愿起早，开着玛利亚的车送洛丽去学校。你真是既无私，又体贴，我那个一向不懂得防微杜渐的女儿对他说。她一点儿也看不出事儿来。换作是我的话，会更加小心，因为那两个人太过频繁地互相凝望。好吧，我也经常看着他，但是怎么才能不看他呢？可以说，我欣赏他、凝视他，却毫不妄想占有。而我却感到狡诈的洛丽用那双充满欲望的眼睛盯着他，意图再明显不过了，简直要一口吃掉他。倒霉的玛利亚!

面包师等着我,还把刚刚出炉的面包单独放好。幸亏店里空无一人,他拉起我的一只胳膊,把我牵到后厨,吻我。他紧紧抱住我,浑身颤抖,就像一个小男孩。和他在一起我必须闭上眼睛,因为他没有弗朗索瓦的帅气。西莫内的魅力平淡无奇:粗壮的手腕、茂盛的汗毛、浓密的双眉、罗马式鼻子,笑起来很温柔,但会露出几颗歪牙。我很清楚,他不想做爱。他是性无能,在一个推心置腹的时刻,他对我坦白了一切。但他喜欢被人追求,喜欢亲吻。他甚至告诉我,对他而言,亲吻是爱情中最为重要之物,他靠亲吻活着,吻是上帝的恩赐,他甘愿去亲吻世界上最丑陋的嘴,只要它有柔软的双唇和爱情的芬芳。他是另一位爱神吗?总之,他搂着我,说了半个小时亲吻的魔力,把在店里喧吵的顾客忘在脑后。他在我耳边喃喃低语,说每当亲吻的时候,他就起鸡皮疙瘩,一身小点点,肚子里阵阵鼓荡,幸福感如此强烈,令他永远不想停止亲吻。那你一直是性无能吗?我问他,是天生的还是后天的?他用那双美丽而绝望的眼睛望着我,回答说,每当幻想的时候,他总能勃起并顺利射精,可每当面对女人的身体时,他就无论如何也硬不起来。只有亲吻的时候他才仿佛飞入天堂,每个吻都是一份爱的承诺。我并没有性怪癖,他坚持这么认为。他从不强求,只有在对方同意的情况下才请求献上热吻。谢谢,当然同意了,需要的正是这个。

我的面包师是个怪胎,应该立马交到精神科医生手里,谁知道他们会怎么说,会把他称为什么……西莫内并不觉得自己有病,仅仅有点障碍而已。和我在一起的时候,他一切都很放得开,他知道我懂他,每天早上都等着我,给我早安面包和早安热吻。一个悠长、热烈、津津有味的吻,令人激动不已,尽管过后会给我留下些许失落。

12月24日

城市披上盛装,一派节日的气氛,但看上去就像个戏台,毫无新意:所有的树上都挂满彩灯,那些倒霉的树干承受着满树灯光的任性搅扰,即便在深夜也没有片刻安宁,就连可供眯上一觉的些许黑暗也求而不得。此外，鸟儿该往哪里躲呢？它们不知所措、躁动不安。那些彩灯和亮光侵占了枝丫，它们何处筑巢？

漂亮的弗朗索瓦日子过得悠然惬意：早上他和姥姥一样起床很晚，而妈妈却出门去买菜。她满载而归，拿着报纸，拎着重重的矿泉水和奇珍异果。他爱吃芒果和牛油果，说到这儿，我真想知道，一个水果干吗要叫作律师[1]，它又不懂法律，又不上法庭，给我一公斤律师！要穿长袍的还是不穿长袍的？你明白这有多滑稽了吗？小塑料袋里装着一公斤律师！漂亮的弗朗索瓦吃呀，吃呀……他永远端坐在椅子上，盘子讲究地摆放在面前，动作标准地拿着刀叉。他是个举止文雅、井井有条的人，要求桌布必须干净平整，餐具码放准确有序，叉子在左边，刀在右边，汤匙在前边。另外，盘子必须用瓷的，谁敢用塑料的就见鬼去吧；杯子必须用水晶的，多亏妈妈对弗朗索瓦的吹毛求疵早有了解，匆匆忙忙地准备好了一切。纸餐巾就见鬼去吧，必须使用棉布的，每次都要洗净、熨平，绝不能像那些一次性餐巾似的用完就扔。得洗，得熨，而谁来做这些呢？另外，葡萄酒必须要好，

---

[1] 在意大利语中，"牛油果"和"律师"是同一个词。——译者注

最好是法国的，我们家喝的那种纸盒包装的破酒绝不可以。他会品尝，然后用脑袋示意行或是不行。好酒很贵，妈妈为了买他喜欢的法国葡萄酒，把自己弄得捉襟见肘。过不了多久，妈妈玛利亚的头顶就会生出光环，甚至兴许还会长出翅膀，但她永远不可能飞走，因为她是个家庭主妇，书虫一只。另外，她认为，像彼得·潘那样飞走既庸俗又懦弱。她整天把自己拴在杠子上干活，就像一头驴那般。而他则彬彬有礼，总是体贴入微，还帮着布置餐桌、切面包、从冰箱里把矿泉水拿出来、削好水果，这就是他所做的全部，如果他没那么帅的话，简直不可原谅。但他的每一个动作都如此温柔、如此儒雅，令你不禁神魂颠倒地注视着他。

12月25日

我感觉玛利亚有些焦灼。眼瞅着她心急火燎地跑来跑去，竭力想面面俱到。自从弗朗索瓦到来之后，她的翻译便难以完结，还得为圣诞节准备各种美味，买礼物、包礼物。她的恋人总是蒙头大睡，好像在偿还欠下的睡眠债似的。任性的洛丽一大清早便骑上摩托车溜之大吉，没人知道她是否真的去上学了，也没人知道她什么时候回来。要是你说她点儿什么，她就像条毒蛇似的反咬你一口。我觉得那个图陆没把她往正道上引，我看就是他撺掇洛丽在后背文了一条龙，而他肯定满身的花儿、月亮、骷髅，谁知道他还有什么别的秘密，猜不透。怎么能还上着学就独自一人住在城中的公寓里？他的父母就那么富有，供得起他在高档社区有套房子？

我知道，在这个家里，有我这么一号人，以冷嘲热讽为乐，经常惹玛利亚生气。我有点抱歉，因为眼瞧着她累得上气不接下气。可我头脑中的顽童总是要以俏皮话的扮相从我嘴里钻出来，一点儿不懂得老老实实地在他的窝里待着。

不再写信仿佛令她失去了每日的平衡。无信可寄，她只好一门心思翻译，自相矛盾的福楼拜整日相随，与她形影不离。弗朗索瓦越来越游手好闲，同时也越来越帅，甚至和蓄势待发、马上要刺杀巨龙的圣米迦勒一样光彩照人。他清瘦、慵懒的身体散发着魔力，一双眼睛闪烁着耀眼、神圣的光芒。我始终没弄明白那双眼睛究竟是什么颜色的，有时觉得它们是中性色彩的，能吸收他身上毛衣的颜色：时而蔚蓝，犹如一片宁静、宜人的大海；时而灰暗阴郁、风雨欲来，透露出他内心的忐忑不安；时而紫得如同透明玻璃杯里的鲜花汁液，那时他必定在思索爱情，露出惬意的微笑。

当然，玛利亚是幸运的。她那个坑人的丈夫在洛丽四岁那年便去了另一个世界，丢下她孤苦伶仃，幸好之后她得到了这份上帝的恩赐。尽管称不上特别富有、非常慷慨，但英俊的弗朗索瓦几近完美：他能说一口优雅的意大利语，语速平缓，将将能听出一点法国口音，微笑起来如同天使一般，走动时像一位跳探戈的舞蹈家。他帮忙布置餐桌、收拾餐桌、从商店把矿泉水搬回家，即便刮完胡子，也能把卫生间清理得干干净净，不留一丝须发。他时常独自出门，回来时手里必定有一本书。他说自己喜欢漫步。他总穿着既柔软舒适，又品位不俗的鞋子，仿佛专门按照他的尺寸定做的一般。没错，特地为他那双修长、灵巧的玉足而制。他从不穿袜子，裸露的脚踝不时从裤脚下显现，它们洁白而光滑，传达出某种与他那健硕的身躯颇为矛盾的意味：一份朴拙的羞怯，抑或是极度需要保护的渴求。奇怪的是，他既不穿长袜，也不穿船袜，然而脱鞋的时候，他的脚却从来不臭。仿佛从他出生起，那双鞋便已经贴合在脚上了，它们既舒适，又完美，令他能够在地面半米之上腾空而行，如同又一位踝骨长有双翼的赫尔墨斯[1]。事实上，他走路轻盈无声。这是一位生有双翼的王子，玉树临风、脉脉含情。

12月26日

最最美好的礼物：一条从收容站领回的小狗。要救助那些被人遗弃的、可怜的狗狗，就像妈妈说的那样。一条毛茸茸的小腊肠，满脸绒毛几乎把两只狡黠、敏锐的眼睛全部遮住，黑色的鼻头从中探了出来。现在它摇着尾巴，幸福地满屋子转悠，因为有人把它从那个恐怖的牢笼里解救出来，抚摸它，宠爱它，喂养它而欢天喜地。是谁把它送给我的？这令人无法相信，正是帅气无比的弗朗索瓦。他从妈妈那里得知我的愿望，花钱把它从收容站的笼子里解放出来，带它去洗澡、梳理毛发。

---

[1] 赫尔墨斯：古希腊神话中众神的使者。相传他双脚长有翅膀，因此行走如飞。——译者注

昨天，当他把狗狗放入我怀中，对我说"这是我送给你的礼物，我知道你一直想养只小狗"时，我简直不敢相信，高兴得跳了起来。这个男人太懂得如何俘获人心了。你出门的时候怎么办？妈妈问我。而我已经想好了带它出门的办法：在摩托车的车座后面挂个小筐，把它塞进筐里。它兴高采烈，一点儿也不闹着要出来，任凭我带着它兜风，两只小耳朵迎风舞动。它叫普罗米修斯，不会有鸟儿去啄食它的肝脏，这一点我可以保证。兽医说它是条母狗，可我已经给它取了个男名。我不喜欢普罗米泰亚[1]，即便它是条母狗，我也要叫它普罗米修斯。它疯跑、撒欢，我刚一叫它，它便立刻能认出是我，一跃跳到我腿上。我把它抱在怀中的时候，它就来舔我的耳朵。它是一只欢快的小狗，顶多五个月大，但就像个大人似的，仿佛明白如果不是主人把它领养，自己必将深陷牢狱，因此心怀无限感激。每当我想让它撒欢，或是想让它安静的时候，它顿时就能领悟。它蜷缩在桌子底下，幸福地睡大觉，有时还把头靠在我的脚上。

---

1 "普罗米泰亚"（Prometea）是与"普罗米修斯"（Prometeo）相对应的女性名。——译者注

12月30日

来了个普罗米修斯。洛丽要这么称呼她的小狗,那是弗朗索瓦送给她的圣诞礼物:一只极为亢奋的小狗,上蹿下跳,能够得着的东西它都要去舔一舔、咬一咬。它的欢快令人忍俊不禁,但也非常讨人嫌。谁去遛狗呢?目前洛丽和它寸步不离,把它抱在怀里,要出门的时候,就在摩托车上挂个筐,把它放进去。小狗就蜷缩在里面,能乖乖地待上好几个钟头。洛丽对它说的话它都能听懂,无论大家叫它做什么,它都可劲儿地摇尾巴。这是一条贵宾犬和另一条流浪狗的杂交种,好像是被人丢进垃圾箱里,然后又被其他人捡出来送到市镇的流浪狗收容站,因此被关在笼子里。它总是上蹿下跳,所幸不常叫唤,而且还能立刻明白周围人的需求。这些都是流浪狗的策略,它迫切地想要掌握生存的技能。它要让自己得到宠爱。我觉得它是条公狗,而洛丽带它去看过兽医,说是条母狗。因此,它本该叫普罗米泰亚。很难想象还会有比这更违和的名字了,洛丽能想到它,完全是玛利亚的缘故:古希腊神话引领着她的文学志趣,一有机会，她便沉浸其中。

她似乎快翻译完那本福楼拜了，正在修改校订，为的是赶在新年之前交稿。她逢人便讲，还把译文拿给全世界看，那是用电脑书写，然后打印出来的一沓稿件。与此同时，她也在为出游做准备，圣诞节一过完，她马上就和弗朗索瓦一同出发，前往荷兰。搞不懂他们为什么偏偏选择这样一个索然无味的国家。对异域风情的狂热渴求已然终结，所有最美丽的国度似乎都不能去，因为任何满怀憧憬、乐于在异乡漫步的游客都将面临恐怖主义的威胁。旅游业正在向古老的欧洲集中：我们的威尼斯快要爆炸了，因为那里的街巷被太多的鞋子踩踏，因为那里的厕所积攒了太多游客的粪便。就从没有人想过，每位游客带来的不仅是钱，还有屎和尿，它们在我们的下水道里流淌，终将汇入江河湖海，令其臭气熏天，鱼虾绝迹。

关于面包师的新闻：西莫内有女朋友了，因此他不再拉起我的一只胳膊，把我牵到店铺的里间了。我问他，和这个朱茜，他的宝贝能不能顺利挺进，他吞吞吐吐地回答道：差不多吧。怎么叫差不多？差不多是什么意思？他不再言语了，只是诡秘地微笑。然后他给我看了朱茜的照片，她苍白得像一具死尸，瘦得皮包骨头，戴着一副眼镜，遮住了半张脸。我要结婚，他说，然后生几个孩子，她是唯一能让我平静的人，和她在一起，我就像在和自己做爱，为此我才觉得自己能行。他在我耳边悄悄地说，不过，杰苏伊娜，我会想念你的亲吻。谁知道我是不是也会想念。你能不能时不时地还到店铺里间来，咱俩再偷个吻？他那张脸狡猾得就像一只狐狸瞥见了肥母鸡，令我忍不住发笑。看情况吧，我回答道，一切都听感觉的，而感觉总是难以预知、始料不及。

弗朗索瓦自然是理想的接吻对象，而他仿佛是世界上最最忠实的男人。现在，他的精力似乎都用在普罗米修斯身上了：他把它放在膝头，任凭它舔自己的脸，这件礼物令他心满意足地微笑，与其说是送给心上人的年轻女儿的，不如说是送给他自己的。他和玛利亚即将出发，一同前往荷兰。他们已经开始安排行程，筹划如何畅游水乡，与一个充满神奇的国度相遇。他们会去阿姆斯特丹参观梵高艺术博物馆，去乌得勒支游览古罗马堡垒遗址，公元四十七年的"小碉堡"[1]，弗朗索瓦得意地说

---

[1] 原文为拉丁文"castellum"，指古罗马时期一种小型的塔楼或营地，被用来做瞭望塔或信号站。——译者注

道。他们要去参观大教堂的著名塔楼，还会一路向北，前往荷兰最北端的登海尔德，去看突兀在海上的白色岩石。因为他们不停地谈论荷兰，我也对这个国家的风土人情有了诸多了解，仿佛连我也整装待发。还有勃鲁盖尔，玛利亚说道。她疯狂地崇拜老彼得·勃鲁盖尔，痴迷于他那些颇具故事性的油画，它们描绘了喜庆的农人、舞会、市集。画中的世界人头攒动、喜气洋洋，尽管其中也充溢着卑微和吝啬。

是的，西莫内说得没错，我想念他的热吻。心里似乎缺少了些什么，不仅仅是他嘴唇的温度，还有那些无休无止的关于亲吻的理论叙述。他的热吻令感官迷乱，使内心安宁惬意。我听到他的声音在耳边响起，他赞扬亲吻的美妙、亲吻的甜蜜、亲吻的不可思议的柔软。而一切仅止于此，绝不逾越半步。他说：通常而言，亲吻只是头盘，滋味更为浓厚、营养更加丰富的美味紧随其后。但他不是这样，他的理论是，亲吻即是想象之中爱情大餐的头盘、第一道菜和第二道菜，或许他的想法没错。亲吻可以让人饱腹，亲吻可以丰富声色幻想，亲吻可以让人精疲力竭。那你怎么和骨瘦如柴、苍白如尸的朱茜接吻？我这样问，完全出于担心。嗐，我和她结婚，又不是为了接吻，而是因为我想要个孩子。你想要孩子已经很久了吗？已经好多年了，我也不知道为什么，但是都快想疯了，我已然看见小宝贝走在我旁边，穿着小短裤，一只柔嫩的小手被我握在掌心，感觉幸福极了。亲吻和孩子，你够怪的，我说道。而他笑了。如果靠亲吻就能生下孩子，我会立马在协议上签字。那你从没和朱茜做过爱吗？我问道。从来没有，这便是回答。从来，从来没做过？从来，从来没做过。杰苏伊娜，我不喜欢以自身为目的的性爱，我不喜欢做爱，那太庸俗了，一切都在意料之中，总是草草了事、瞬间结束，无法让内心深处获得满足，你还指望做爱能比得过亲吻啊？好吧，那怎么才能生出孩子？那事迟早会有，我们终将彻彻底底地做爱，但仅仅为了造个小人儿，他回答道。不得不说，他感染了我。他认为亲吻是肉体之爱的唯一途径，这种理论令我心悦诚服。现在这也成了我的理论。好吧，那就再见了，西莫内，我把你留给你那个尸体般的朱茜，她不会接吻，但兴许用不着做爱就能生出孩子来，就像圣母那样，通过单性繁殖，或者能在哪个"热心肠"的帮助下做到，比如某位在你们面包店打临时工的面包师傅。

1月15日

　　妈妈和弗朗索瓦出发去荷兰了，家里空荡荡的，幸好有懂得三思而行的普罗米修斯。我喜欢"三思而行"这一理念，那是一种智慧，我则办不到，为此才喜欢它。妈妈说我疯了，一条狗不能叫作普罗米修斯，那个在说话和办事之前先思考的人是个半神，为此宙斯才派老鹰每天去啄食他的肝脏，被吃掉的肝脏夜里再长出来，白天又落入那只恶鸟的嘴里。也许妈妈说得对，她满脑子都是文学，但当某个名字钻进身体，便永远不会更改。我也不知道为什么，但我无法想象我的狗不叫普罗米修斯，即便它是一条母狗，全身毛茸茸的，鼻子湿乎乎的，毫无英雄气概，并不强悍有力，而是娇小瘦弱，只会哼唧着讨好别人，摆出一个微笑，实际上那是冷笑。而它已然在这里了，名叫普罗米修斯，我们相亲相爱。秘密有成为秘密的理由吗？我问自己。对于被窥探的忧虑使秘密成为愚蠢的秘密。我便是秘密，抑或我的身体带着一个不可告人的秘密？秘密在奔跑，而我不能任它们在字里行间驰骋，因为这将把它们化作思考，而我不想思考未来，那会令我心生恐惧。我愿死去，但并未与世长辞；我愿偷生，但对此毫无察觉；我愿飞翔，但双脚紧踏大地。我愿，我愿……我简直是一股祸水，满怀无法实现的愿望。我不相信亲吻，这和姥姥相反，对她而言，亲吻是唯一的信仰。每当说起亲吻，她就像在谈论珠宝。可无论珠宝何其珍贵，人们能以此为食吗？秘密将永远是秘密，因为这是我身体的意愿。身体并不知晓，它受未知的冲动支配，为幸福而行动，因赢得愉悦而满足。目前，我仅限于带着我的普罗米修斯沿着城市的街道奔跑。图陆很大度：他对狗毛过敏，尽管如此，还是欢迎它进家门。他会做一些防范，不过允许我去找他的时候带上它。我们做作业的时候，或是忘掉一切尽情欢爱的时候，就把它关在厨房里。它很乖，不乱叫，不出声，蜷缩在桌子底下睡大觉，直到我说：普罗米修斯，我们走！它会像跳蛙那样腾空跃起，在空中接住皮带，以此告诉我，他，或者说她已经准备好了，我们可以走了。

1月20日

洛丽有些不对劲。我简直觉得她有点抑郁，仿佛满怀阴郁、昏沉的思绪。有时她似乎又欢喜雀跃,迸射出生命的光芒,这令她没来由地大笑。是因为普罗米修斯闯入了她单调的生活,才把她变成这样的吗?的确,她和它片刻难离,与之前玛利亚预料的截然相反,她细致、温柔地照料它:为它做饭,把煮好的鱼肉或蒸熟的肉馅打成糊,拌上煮熟的米饭,再调入橄榄油。早上和下午,她都出门遛狗,他们走很远的路,回来时都上气不接下气。洛丽一头栽到床上,而它则往小地毯上一趴。

我问她为什么这么生气,没有得到回答。她好像和全世界都过不去,而有时又一个劲儿亲我,对我说,姥姥,你会看到的,咱们能行。什么能行?没人能听懂,她神秘兮兮的,仿佛藏着秘密。是什么秘密呢?玛利亚从乌得勒支给家里写信,说那里很冷,下雨,但荷兰的城市美极了,他们经常乘坐游轮,沿着运河曲折、突兀的水道从一个城市到另一个城市。荷兰人古道热肠,她写道,他俩已经和另外几对夫妻结下友谊。或许吧,我可是不太相信这种旅途上的友谊。它只能在行程中持续,随后便像阳光下的水一般干涸。

我没有丢掉去面包店买新鲜面包的习惯。西莫内意味深长地朝我微笑。他不止一次地拉起我的一只胳膊,把我牵到店铺的里间，匆忙地和我偷个吻。他身上总散发着一种好闻的味道，混合着面粉、酵母、黄油的浓香。不知道面包里是不是放黄油，可能他们做甜点的时候加黄油，因为卖得好，随时都有新鲜的甜点出炉。他的嘴唇带着温柔、甜蜜的芬芳，是那种在融化的黄油里混入肉桂的味道。

朱茜好吗？我这么问他，只是为了说点什么。好，她很好，她等着生孩子呢，我很快会和她结婚。这么说你做到了？嗯，我也不知道怎么做到的，杰苏伊娜，但真的做到了，很快，我们将有一个孩子，我会是个幸福的父亲。一位幸福的父亲可不会不顾家庭，在外边求吻。我这么说只是为了挑逗他，而他坏坏地一乐，紧紧攥住我的胳膊，以示我们同心协力、秘而不宣。我们两人守着一个秘密，仅此而已。要是我找了另一个面包师，他也跟你一样热衷亲吻呢？我会难受的，但我能理解，我还没疯狂到奢求自己都无法给予别人的东西——忠诚。你可以随心所欲，但是别告诉我，我会难过的。这么说，你对我还有点感情？我几乎被他的话感动了，问他。你让我疯狂，他一边回答，一边索吻，一个接着另一个。我在他耳畔吟诵卡图卢斯的著名诗句，在很久、很久以前的某个圣诞前夜，我曾在一家小剧院里高声诵读：

> 给我一千个吻吧，然后再加一百，
> 接着再给我一千个吻吧，然后再加一百，
> 不要停下，请再给一千个吻吧，
> 然后再加一百，
> 成千上万个吻，连绵不断，
> 我们将真正数目隐瞒，
> 无人知晓，
> 便不会引来忌妒的目光，
> 如霜如剑。

这首诗令我回想起自己短暂的演员生涯，以及我在舞台上的表现如何糟糕。那时，我觉得自己既拙笨，又做作，但旋即又被灰尘和旧幕布的味道吸引。是观众令我惧怕：在我面前的一片黑暗中，那些衣冠楚楚的身体使人心生敬畏。我喜欢丢盔弃甲的身体，我喜欢腼腆、被动的身体，我喜欢它们微微裸露，把某处伤口，抑或某颗太过突出的痦子展现在我面前。这些身体信赖别人，寻求帮助，这些身体并不装腔作势，但它们掩藏自己的

赤裸，希望那些隐藏的伤口在暴露之前，身体就已被世界吞没。这些才是我所喜爱的身体，为此我才想当医生。而所有人都反对：一个女大夫，谁会去找你看病？或许当个儿科大夫还勉强可行，但我对小孩没耐心，永远搞不懂他们。他们一哭，我就烦躁，最不擅长和他们相处。另外，小孩不会亲吻，他们会把你的脸蹭满口水，没准儿还会往你身上尿尿。

还是接着说那个名叫西莫内的怪胎吧，我几乎有点儿离不开他了，或许可以说我爱上了他。他令我感动，我能对他产生兴趣，这简直不可思议——我这么个对一切不屑一顾、根本不相信感情的人。偷来之吻的魔力，秘密之吻的魔力，不忠之吻的魔力。一个吻，接着另一个吻，西莫内，亲吻万岁！

1月26日
亲爱的妈妈、亲爱的洛丽：

我现在清楚了，想要了解荷兰，绝对需要去看看梵高的油画。这些农民肖像表情呆滞，头上戴着皱巴巴的帽子，脚上穿着木屐，它们讲述着古老的故事：工作繁重，老茧丛生，食不果腹，湿气侵入骨髓，使骨头扭曲变形。那个叼着烟斗、脖子上系着红色围巾的农民一副被疲惫击垮的神情，仿佛即将跌入非人的境地。"吃土豆的人"被关在一间昏暗的屋子里，画家仿佛冷眼旁观，但随后便能明白，那只是一种写实的视角：画面上的男男女女疲倦不堪，却兴致勃勃，他们被关在阴暗的四壁之间，围坐在餐桌旁，悬在天花板上的一盏油灯把餐桌照亮，也使得他们面部和手上的特征清晰可见。有人提着茶壶，有人捧着一杯滚烫的热茶，有人拿着需要织补的布料。

画家笔下的故事还在继续，紧接着，可以看到两位正在耕地的农妇。人物逆光，处于恶劣的环境之中，她们弯腰翻着土块，裙摆在身体两侧蓬起。她们身旁，众多静物展现了营养贫乏的食物：苹果、南瓜、洋葱、卷心菜。难以计算我们的文森特曾在多少件作品中描绘过土豆，他长大后才第一次见到土豆，用惊讶的目光打量着它们：最被广泛食用，却最遭粗暴对待的蔬菜。一幅、两幅、三幅画作聚焦土豆，画家仿佛在忧心忡忡地望着它们，视线距这些块茎越来越近。它们被放在白色的、黄色的碗中，或被零散地摆在一块黑布上。画家以几近痴狂的细腻进行描绘——名副其实地对土豆着魔。它们坑坑洼洼、疙疙瘩瘩、歪歪扭扭，芽眼被挖掉，在一片干旱、贫瘠的土地下面，土豆也在忍饥挨饿。梵高分毫不差地刻画了荷兰农人的贫穷，他们用疙疙瘩瘩的双手挖出疙疙瘩瘩的蔬菜，以此保障自己的将来。

我在一幅妓女肖像前驻足良久。她一点也不淫荡：身穿一件天蓝色衣衫，戴着一条坠有小十字架的金属项链。这个姑娘十分年轻，却稍显肥胖，头发扎起来，垂在脖子后面，耳朵上挂着两颗小珍珠，也许是在日复一日的逢场作戏之后买来犒劳自己的。为了忍受一个陌生的身体——很可能它还令你作呕，不得不让感官缄默，不是吗？你必须让肚子沉睡，使它变得麻木。画上的姑娘看上去懂得这种简单而古老的技艺，这是贫穷妇女的技艺，她们的唯一财产，便是自己逢迎他人的身体。梵高以一种执拗而温和的冷静描绘他那个时代的荷兰，这不由得令人惊叹。那个时代贫穷、艰辛，社会分成泾渭分明的两个阶层：一边是穷人，他们三十而立便已未老先衰，牙齿损坏、满脸皱纹、两腿因关节炎而浮肿；另一边是富人，他们身着绸缎、头戴假发或装饰着彩色羽毛的帽子。他们的牙齿也已经损坏，但会请郎中把它们拔掉。

城里的妇女也并不比脚踏木屐的农妇显得更健康、更迷人：她们扭曲、难看，却趾高气扬，把骄傲自满之情明明白白地写在脸上。铃鼓咖啡馆的少妇头戴一顶红色帽子，简直就像一只大公鸡的鸡冠子。她的脸上没有笑容，仿佛沉浸在自己的思绪里。令我感动之处在于这些画作没有丝毫的情感流露：没有同情怜悯，没有感同身受，没有对社会的义愤填膺，只有对于真实的冷静观察与沉思。归根结底，是一种简单、朴实的进入角色的能力，无论被观察的人物是农妇、市民、妓女，抑或是街头少年。

一个反复出现的形象是阿尔勒邮差约瑟夫·鲁林。这个男人长着一双畸形的大手，一身镶有金色纽扣的深蓝色制服显得略紧，胡子在不同作品里被画得越来越长，笔法越来越细腻。这位邮差很可能经常去梵高家，因为我们看到他坐在一把草编的椅子上，那是年轻的文森特在阿尔勒的陋室绘画时常用椅子中的一把。画作梦幻般的笔触与他那些自画像的如出一辙，甚至堪比用绷带裹住被削掉耳部的那幅。随着年龄的增长，他的笔法愈发随心所欲、起伏跃动，他的风景画令人瞠目结舌、震撼不已，仿佛是由服用过鸦片的画手描绘而成——他眼中的一切都恍惚朦胧、扭曲变形：一股神秘的劲风吹过麦田，成群结队的黑色鸟儿气势汹汹地悬在上空；云朵扭成飞行的卷心菜，光团仿佛是铅灰色画布上的圆洞，嵌入无情的苍穹。画笔疾驰，带着痛彻心扉又饱含诗意的焦灼，如同被无可救药的忧虑追逐。

抱歉，也许我的这些心得体会已经把你们弄烦了，但我实在无法把目光从挚爱的梵高以及他的油画上移开。这些作品以其强烈的感染力激发着观看者的无尽想象。我都没顾得上问候你们。弗朗索瓦和我一切都好，为能一起周游荷兰而无比幸福。这片土地浸泡在海水里，如此岌岌可危。大海看似是位朋友，但有时也会变成敌人——它横冲直撞，侵袭并吞噬面前的一切。

亲爱的普罗米修斯，也就是亲爱的普罗米泰亚还好吗？弗朗索瓦不在家，现在谁出去遛它？但愿洛丽还和起初一样，把它放进筐里，开摩托车出门时也带上它。

拥抱你们俩，弗朗索瓦也拥抱你们。明天我们要去参观安妮·弗兰克的故居。以后我再讲给你们听。

再联系。

玛利亚

2月2日

妈妈从荷兰给家里写信了,她满心欢喜,却不知道自己被蒙在鼓里。她专心致志地观赏挚爱的油画,可在油画之外,亲爱的妈妈,你身边发生了什么?难道你只关注虚假的种种,却不知晓在你的眼皮底下、在你的家里发生的事情吗?难道你没发现,当你在遥远的荷兰拥抱、亲吻你的男人时,一切正在破碎、正在变质吗?难道你只知道陶醉于梵高的油画,而对其他一切都置若罔闻吗?

昨天,普罗米修斯吐得天昏地暗,我不得不带它去看兽医。大夫说它一定是在路边吃坏了,现在绝对不能进食,必须打针解毒。它默默地忍受着,姥姥一点忙也不帮我,说她一看见狗就犯困。但这不是真相,因为我不在家的时候,她会把狗狗放在腿上,一边宠爱它、抚摸它,一边对着迷你口袋录音机说她那些蠢话。一天上午,我比往常回来得早,于是撞上了她。不知道她和面包师西莫内之间怎么了,她现在去其他地方买面包。另外,她还在网上和一个叫菲利普的男人发展着一段纯粹柏拉图式的关系。她给我看了照片,那人长得还不错,但傻里傻气,颧骨高高的,额头宽阔,嘴唇丰满。姥姥,你别轻信,我对她说道,你知道吗,网上有好多盗图的,照片不一定就是和你聊天的那个人的,真人弄不好是个恶心的泼皮无赖,等把你哄得服服帖帖的时候,他就跟你要钱,而你肯定上当,因为你傻,还会像个小姑娘似的栽进爱情的陷阱。她开始笑,洛丽,我不明白你为什么这么悲观,他不仅给我发了他本人的照片,还给了我他的地址,还有他全家人的照片。你的菲利普有家室啊?是,他有妻子和两个女儿,但觉得这些还不够,他需要和某个聪明人交流沟通。这么说,你就是那个聪明人了,姥姥?怎么了,你觉得我笨吗?从谈恋爱这个角度讲,是的,你盲目相信一切,傻子似的回回落入圈套。我可比你想象中谨慎得多,我知道自己在做什么,不会让自己受骗,一直保持高度警惕,绝不任人愚弄。但愿如此,姥姥。我对她说道。可她才不听我说什么呢,一个六十岁的老太太,在她那条爱上爱情和亲吻的道路上一意孤行。我只希望她别被这些网络色魔坑走太多钱。要是我的姥姥和别人的姥姥一样,只为孙子孙女着想,一心为他们的将来做打算,我该有多开心哪!我说道。

而她笑着耸了耸肩。

2月10日

我想要个正常的姥姥,为了让我觉得自己有错,我外孙女这么说。一个全心全意奉献和牺牲的姥姥,亲爱的洛丽,这就是你的要求,但你永远无法如愿,因为我是个自由的人,不是一个固定家庭编制。这都是什么要求啊,人还能更自私自利吗?另外那个,也就是我女儿,已然不着家了,只顾着跟她心爱的男人满荷兰乱跑,把我们俩丢在这里。锅烧煳了,卫生间发大水:没有她,家里一片狼藉。特别是在瘟神普罗米泰亚到来之后,它现在还生病了,家里到处都是它的粪便和呕吐物,污浊不堪。

西莫内愈发纠缠不休。这个男人究竟想要干吗?他都已经结婚了,还一个劲儿地一边说他想要孩子,一边不想错过我们的热吻,还时时刻刻地讲他那套关于亲吻的理论。最新得知的消息是,他的妻子朱茜还没怀上孩子。他这么说只是为了面子上好看,其实,那期待已久的孩子压根儿连影子也别想见着。与此同时,我在向菲利普倾诉衷肠。他已经有孩子了，与妻子维系着一种彼此包容的平稳关系。我们之间没有亲吻，只用言语表达亲吻。言语也可以魅惑，正如亲吻。我俩着魔一般地通信，互相喜爱，却从未见面，可以说志同道合。他是个多情而敏感的男人，也许没什么文化，甚至可以说无知，我和他说起米兰多琳娜的时候，他问我：这个米兰多琳娜是谁，你的朋友吗？估计他这辈子从没去过剧院。他是做咖啡生意的：从拉丁美洲购买咖啡，再到意大利市场上转售。他给我写信的时候，我都能闻见弥漫在他四周的咖啡味道。他给我讲各种综合咖啡，阿拉比卡豆产自非洲，咖啡因含量较低，他管它叫"小粒咖啡"；还有罗布斯塔豆，叫"中粒咖啡"，它也产自非洲，但并非高原种植，咖啡因含量较高；我们也不要忘掉利比瑞卡豆，它产自利比里亚，还有喀麦隆的拉斯莫撒种。

他熟识自己工作领域的一切，对戏剧和音乐却知之甚少。他告诉我，咖啡一词来自阿拉伯语"qahwa"，随后土耳其人把它改为"kahve"，最后到我们这儿，成了"caffè"。据说咖啡具有医药特性，就连穆罕默德也在喝下几大杯咖啡后治愈了流感。他给我讲这些，为能教给我一些我完全不了解的东西而颇为自得。他喜欢炫耀自己在咖啡方面的学问,引我为之赞叹。他了解咖啡的起源、世界上的咖啡产地、国际市场上的咖啡流通量等一切,还知道这种神圣饮料的历史:是英国人首先把它变成国饮,在十八世纪,每栋别墅都有"咖啡屋",他得意地说,要知道,直到十八世纪末期,咖啡树才传入拉丁美洲,并在那里被迅速广泛种植。

阿图西[1]认为最好的综合咖啡是哪种? 250克波多黎各豆、100克圣多明戈豆、150克摩卡咖啡豆;世界上最贵的咖啡,即"猫屎咖啡"产自印度尼西亚,等等。总之,他用一个咖啡迷的学识灌输我的头脑,可以说他打动了我,因为他把自己的未来、自己的热爱,甚至自己的感官欲求都放在了咖啡上。他告诉我,在荷台达,即摩卡豆的故乡,当他兜里装满了精心挑选的咖啡样品四处转悠时,遇到一些犯人,他们的脚踝上用链条拴着一只铁球,就这样走来走去。这是怎么回事呢?他们太穷了,造不起监狱,所以把囚犯放在外面,让他们光着脚,但拴着一只沉重的铁球,行走艰难,靠乞讨维生,因为他们既没有家,也没有人供给吃喝:很有趣,不是吗?

---

[1] **佩勒格里诺·阿图西:意大利烹饪之父。——译者注**

Tre Donne

2月15日

我亲爱的、可爱的杰苏伊娜和洛丽：

这里下雨，而且还下雹子。不，是冰球飞落，它们砸破雨伞，积聚在路上，不分老幼，让很多人摔个脚朝天。我走路小心翼翼，从没摔倒过，而你们知道谁摔跟头了吗？弗朗索瓦，就是他，体格健壮、气质优雅、柔软灵活的弗朗索瓦走路从不往下看，简直就像在飞。他滑了一下，栽倒在地，右腿上磕出一块拳头大小的瘀青。所幸并无大碍，他爬起来后我俩开始大笑，笑得差点儿两人一起又摔倒在地。为了休息休息、暖暖身子，我们钻进一家酒吧，点了两杯滚烫的潘趣酒。

前天，我们参观了安妮·弗兰克故居，在少女时代，我曾兴致勃勃地阅读过这个女孩的日记。不过这里令我们颇为扫兴，因为他们把这儿弄成了博物馆，需要买门票，还净是明信片、印有她名字的T恤衫，以及讲述她故事的导游。然而，挂满墙壁的照片和循环播放的资料片却非常精彩。影像展示了纳粹铁蹄下的荷兰——搜查住宅，抓捕犹太人，并把他们押上一列货运火车，囚禁在铁栅栏里，运往奥斯威辛集中营或贝尔根·贝尔森集中营。可怜的安妮也有着同样的遭遇。在日记中，安妮用纯真的笔触讲述了自己如何隐蔽起来，生活在一些吵闹的、不谨慎的邻人周围，被迫不声不响，永远提心吊胆地等待唯一知道他们藏身之处的人，以她带来的食物充饥。他们住在三间小屋里，用一面被书籍覆盖的假墙做掩护，如果没有那个女人和那些食物，他们准会饿死。

但是，保持平静变得日益艰难，焦躁与日俱增，住在一起的日子越来越难熬，争吵不断，都是为了一些鸡毛蒜皮的小事，比如多一杯水、少一杯水、一块被偶然放在椅子上的湿抹布、架子上有块面包不见了、两个人想看同一本书……有个人，好像是某位对极权体制绝对忠诚的女佣发现了这家人，并且去告发。一天清晨，他们被逮捕，所有人都被送往位于下萨克森州的贝尔根·贝尔森集中营。在那里，安妮·弗兰克被关进一处工棚，睡上下铺，既没有床垫，也没有床单，只有一条肮脏不堪、满是虱子的被子。周围是臭名昭著的罪犯、犹太人、政治犯、吉卜赛人、耶和华见证人[1]和同性恋，

---

[1] 耶和华见证人：世界主流基督教公认的异端组织。——译者注

而父母和一同藏匿的伙伴都与她分离。

从那一刻起,再没人知道小安妮的下落。据推测,在她的父母、她的姐姐玛格特,以及她的邻居被带进毒气室后不久,她也被送了进去。据说,在1943年的头几个月里,便有五万人在那座集中营中丧生。其中也包括安妮·弗兰克——娇小,棕色头发,面带友善而纯真的微笑,眼中闪烁着求生的光芒。只有她的父亲得以幸存,似乎正是他主张出版安妮的日记,让全世界知晓。这样,人们便不会忘记"二战"期间纳粹铁蹄下发生的这一切。

玛利亚

2月20日

喂,喂……我明明新换的电池,该死的破玩意儿,你开机怎么这么慢?喂,喂,喂,是,是,嗯?准备好了没?准备好了没?啊,现在你总算正常了,我差点儿把你扔进垃圾堆里……好了,接着上次的话茬儿继续说,我女儿玛利亚给我们写信了,因为她心爱的弗朗索瓦现在就在她身边,而写信的恶习她又戒不掉,于是就给我们写信。我俩留在家里，什么都得自己干，买菜，做饭，刷碗，收拾屋子，铺床，交水费、电费，总之一堆麻烦事……老天哪，你们在外边都快两个月了，到底什么时候回来？金融人士弗朗索瓦·科林是怎么做到休这么长的假的？他说自己这几年攒了好多假期，现在可以连休整整两个月。他就不想想，玛利亚得继续她的翻译工作？再说，她离家这么远，把我俩弄得焦头烂额。更何况，狗吃坏了肚子，在家里到处乱吐。我可绝不管打扫：你想养狗？那现在就得你收拾！洛丽一边收拾，一边嘟囔个没完没了。我看她是后悔养狗了，尽管现在她不能没有它，普罗米修斯或普罗米泰亚——我是搞不明白了——已经和她在同一张床上睡觉、在同一张桌上吃饭。

面包店的西莫内一个劲儿地给我发短信和瓦次普[1]，说他想念我的吻，另外，他告诉我，说他妻子不能生育，一直怀不上孩子，而他已经竭尽全力了。但是依我看，他的性无能根本就没好，尽管他说就像和自己做爱一样。他这么解释，是为了证明自己选择那个死尸一般的四眼女孩做他孩子的妈妈是正确的。我几乎有点儿高兴，尽

---

[1] 瓦次普（WhatsApp）：一款智能手机通信应用程序。——译者注

管盼着别人不好有点卑鄙。

而我和菲利普的关系却进展神速。他一直给我写邮件，还给我发了他布置圣诞树的照片，以及他的两个女儿往假杉树的枝条上悬挂漂亮红球的照片。他对我说，他和妻子一起生活，但已经多年不做爱了，总之就是在同一个屋檐下分居。我不太相信他的话，但我依旧回应他，因为这是游戏的一部分。我热爱游戏，即便有时需要冒险。菲利普当然没有弗朗索瓦那么帅，甚至也没有西莫内那圆润的嘴唇和甜美的微笑，他给我写邮件，说想见见我本人，我举棋不定，我更愿意隐身起来游戏。键盘秘语承载着一份细腻而强烈的愉悦，每当打开邮件时，我都一阵激动。这是爱情吗？这是欲望吗？我也不知道它究竟是什么，但它的确是一股强烈的刺激，顺着我的脊背往上蹿。某位痴迷于异域信仰的朋友，具体是谁我记不清了，曾对我说起过盘踞于脊根气轮的昆达利尼蛇[1]。只在清醒、兴奋的时候，它才沿着脊柱长驱直上，直到用那分成两叉的舌头朝着你头脑的根基喷出一股强劲的热气。

---

1 昆达利尼蛇：练习瑜伽的人想象出的一条蛇，位于脊根气轮，瑜伽修行者练习瑜伽的目的之一就是唤醒这条沉睡在人体内的"蛇"。——译者注

2月21日

我亲爱的洛丽和杰苏伊娜，我的小甜心们：

我们正在收拾行李，准备回家。我有些不情愿，尽管再见到你们会令我开心。我这儿有一堆照片要给你们看。我还买了几株郁金香球茎，这花太漂亮了，颜色美得简直不真实，把它们放在家里朝北的阳台上，我想一定很棒。

这片土地荆棘载途，却也充满惊喜，郁金香正是此处的象征。这种奇特的花朵仿佛是在窑里烧制而成的既细腻又娇贵的瓷器，闪烁着金属的光泽，颜色绚丽却没有香气。我问自己，为什么荷兰人选择了这种奇特而冷漠的花朵作为国家的象征呢？它源自何处？

据记载，郁金香源自土耳其，并于1554年由一位荷兰使者带入欧洲。他把一些种子送给了加入荷兰国籍的法国植物学家卡罗勒斯·克鲁修斯，此人将种子种植在荷兰肥沃的土地上，使得此花迅速风靡此地。另据记载，"郁金香"这个名字源于土耳其语"tullband"，它的意思是"帽子"。有趣,不是吗?一种北欧[1]的花朵居然来自偏南的东方。随后,富于幻想的人们缔造传奇,说郁金香由一位殉情青年的血滴幻化而成。旅馆的便笺上写有这样的句子:红色郁金香代表爱的表白,黄色郁金香代表绝望的爱,双色郁金香代表殷勤,紫色郁金香代表送花者和收花者的含蓄。我实在忍不住买了几株球茎带回家。

我们坐星期一的航班回家,已经订好了出租车,会在晚饭前送我们抵达。

期待团聚。

爱你们的

玛利亚

2月22日

我该怎么办?真想知道如何才能说出口,这会要了妈妈的命,我明白。姥姥会对我横眉立目。我也可以一言不发,保持沉默,然后自己处理,但秘密可能一直都

---

[1] 荷兰其实属于西欧,但经常被误认为是北欧国家。——编者注

是秘密吗？它们会不会只在我们心头生长，就像盆栽那般，永远都不向世界展示自己？我想不会，我唯一可以倾诉的对象就是姥姥。没错，她的确能够理解我，她不是个道德卫士，懂得爱情为何物。我跟她说吧，可什么时候说呢？那对鸳鸯星期一就回来了，我必须马上做决定。

2月23日

一件疯狂到令人发指的事情：洛丽怀孕了。谁也想不到孩子是谁的。只有我知道。在我用一堆问题对她狂轰滥炸之后，她终于说了实话。孩子的父亲是弗朗索瓦，但他对此毫不知情。其实我早就觉察到了，我的嗅觉很灵敏，早就觉出不对劲儿，但始终不愿相信。而现在，小洛丽怀上了她母亲所钟爱的男人的孩子，一表人才的伪君子弗朗索瓦还在用法语称呼玛利亚为"我的爱人"，还在把她当作挚爱伴侣一般对待，可暗地里却把她十七岁的女儿搞怀孕了。一件疯狂的事，闻所未闻。现在的问题是该怎么告诉玛利亚，她一向只顾研究她的福楼拜，对其他都心不在焉。这对她必定是致命的打击。

姥姥，如果我把孩子打掉，咱俩对所有人都守口如瓶，你觉得怎样？

这个主意可不怎么样，无论如何，这个家还是能容下一个孩子茁壮成长的。

可我如何才能把这件事告诉妈妈？

其实该让弗朗索瓦对她说，这场天崩地裂的背叛，他是罪魁祸首。

这会要了妈妈的命，我不想把她害死。姥姥，其实我们仅仅做过一次，草草了事，没有爱情。我向你发誓，我虽然一直喜欢弗朗索瓦，但我从没想过把他从妈妈身边夺走。我只想抱紧他健美的身体，特别特别想，就在某个瞬间，我知道他也想。这种事儿，只要一个眼神就够了。

别撒谎，你做的一切无一不是为了把他从她身边夺走，这是我亲眼所见。不过我想你没能得逞。我本以为弗朗索瓦是个忠诚的恋人，看来我大错特错了。和爱侣的女儿乱伦，这太恶劣了，何况现在你怀孕了，情况更加棘手。

2月28日

  姥姥说，我不应该堕胎，但一想起这是往妈妈心里插一刀，我就恶心。真不知道怎么能发生这种事，我怎么也想不到自己会怀孕，我们仅仅做过一次，而且没有爱情，我这么向姥姥解释，可她不信，说是我把帅哥弗朗索瓦骗上床，因为我喜欢他。她还说，不仅如此，我还打算把他从妈妈身边夺走，只为和妈妈作对。可这不是事实，我为什么要和妈妈作对呢？我只想品尝他的身体，就像品尝一枚熟透的果实，它鲜美诱人，出现在你眼前已经许久，令你垂涎欲滴。我只想咬一口那香甜的果肉，然后就把它放回去，怎料那一口却在我腹中生根发芽、孕育生命，令我陷入窘境。看见了吧，你满脑子都在想着偷腥，简直厚颜无耻。你怎么能这样对待自己的母亲？漂亮小伙子外边多得是，干吗死抓着玛利亚的恋人不放手？姥姥，我向你保证，我没这么想过，一切就这么不由自主地发生了，吸引、欲望，我想对你说，我们互相对视了一下，就决定做了，仅此而已。你这个倒霉孩子，你们在哪儿做的？嗯，图陆旅游去了，把他家的钥匙留给了我，所以我就带弗朗索瓦去了他家，我们在他的床上做爱，那是我和图陆通常做爱的地方。我也会告诉图陆这个孩子的事，并让他相信孩子是他的，这样就能让图陆当孩子的父亲，一切就都能搞定了。姥姥，你说呢？图陆不会起疑心，弗朗索瓦肯定不会戳穿我。你们为什么没用避孕套？又不贵。姥姥，我们完全没想到，一切发生得太突然了，我并不情愿，也许他也不情愿，唯一情愿的只是我们的身体，我知道他爱的人是妈妈，不是我，因此我不想把这件事告诉她，那样会毁掉一切。如果我对她说，孩子的父亲是图陆，这可行吗？或许我可以嫁给他？他会不会同意我不确定，其实我知道他根本不可能同意，那天他还说过，打算高中毕业就去德国找工作，怎么可能愿意留在这里被一个不想要的孩子绊住呢？我的孩子，一切骗人的伎俩迟早会被戳穿，也许可以瞒过几年，但之后对你母亲的打击更致命：被欺骗两次……更别提对图陆的蒙骗，他可与这件事毫无瓜葛。还有这可怜的孩子呢，你想让他还未出生，就陷入一系列谎言之中？姥姥，你说得对，可我真不知道该怎么跟她说，你去跟妈妈说行吗？不行，麻烦是你自己惹的，你必须亲自告诉她，鼓起勇气，去向她坦白一切吧。

3月2日

妈妈和弗朗索瓦一起回来了,他晒出一身古铜色,前所未有地帅。他俩手牵着手回到家中,把行李放在地板上。随即,妈妈一边拥抱我,一边对我说给我带了几株郁金香球茎,还有手工制作的木鞋。我抱紧她、亲吻她,弗朗索瓦显得有些尴尬,但他对一切尚不知情,像个没事人似的也拥抱了我。今天早上刚和姥姥就身体和欲望做了一番严肃的探讨,我认为身体不受支配,自主行事,她却觉得身体受大脑控制,而大脑必须对欲望造成的后果有所预见:我的祖宗,你必须记住,欲望必须克制,如果任由欲望驱使,你还不如动物,就连动物还经常出于社会和群体本能,克制自己的欲望,这一点是动物和人类的共同属性。你懂什么是升华[1]吗?他们教育我们女人,甚至强求、逼迫我们学会这个重要字眼。姥姥,你说的升华是什么意思?是指人们应该学会把最自然的本能转化为高尚的情操,只有学习、思考、钻研、

---

[1] "升华"一词是由弗洛伊德最早使用的,他认为将一些本能,如饥饿、性欲及攻击的内驱力转移到自己或社会所接纳的范围中时,就是"升华"。——译者注

习惯性地自律，是的，通过严苛的自律约束本能，才能把你变为一个有觉悟、顾体面的人。姥姥，你现在成道德卫士了？什么道德卫士！你知道什么叫觉悟吗？觉悟意味着知晓自己行为的后果，哪怕你有一丁点觉悟、懂得一丁点升华，现在也不至于如此窘迫……我明白，老谋深算、玩世不恭的姥姥不无道理，她表面一本正经，背地里却特立独行，心怀一套哲理，维系着自己的平衡。

3月3日

弗朗索瓦回去了，那件事洛丽还没和玛利亚说。其实也可以由我去说，但我想让她自己面对难题，她磕碎的鸡蛋就让她去炒。家里的害群之马本来是我，本人一向放荡不羁，所有人都等着责备我，而现在我外孙女却把我视为想要重新树立家规的人！这岂不可笑！我想要的只有真相。隐瞒事实无法解决问题。我在玛利亚的写字台上看到她那些码放整齐的笔记本，福楼拜的书和研究福楼拜的书，还有钢笔、铅笔、橡皮、笔记本电脑，她的笔记本用完的时候，就用电脑工作。我的女儿是个书呆子？我的女儿在文学领域学识渊博、造诣颇深，在生活上却一窍不通？然而她的弗朗索瓦却留在了她身边，一次小小的不忠算得了什么？但如果不忠孕育出一个孩子，那它的确就算是件事了，这使得未来扑朔迷离，难以预料。当得知自己深爱的两人——弗朗索瓦和洛丽上了床，并且居然神不知鬼不觉地有了孩子，玛利亚会怎样？

3月20日

  昨天，我坐到妈妈身旁，想向她坦白。当时她正在剥豆角，我已经开始没话找话了，可她一副心不在焉的样子，我随即明白时机不对。但如果正确的时机永远不来呢？时间一天一天过去，弗朗索瓦已经回里尔了，妈妈又开始给他写长篇情书。我望着她，感觉自己像一条蠕虫，而蠕虫没有眼睛，只知道吃，看不清未来。但如果我是一只蝶蛹呢？笨拙地蠕动、爬行，却知道自己即将破茧成蝶，翩然飞去。我无法思考，思绪被疑惑冷却，在我的头脑中冻结。我该怎么办？我该如何抉择？

听从姥姥的建议，还是应该撒谎说孩子是图陆的？这既耍了妈妈，也耍了弗朗索瓦和图陆。或者，照我一直所想的那样，去把孩子打掉，这样一切都迎刃而解：不再有孩子，不再有谎言，不再有欺骗，不再有真相亟待发现，只消抹杀一个生命，就可以高枕无忧了。

3月30日

我问洛丽是否和她母亲谈了，而她还没有。已经过去三个月了，堕胎的可能性越来越小。我怕她最终做出最懦弱的抉择，谎称孩子是图陆的，以此保全弗朗索瓦和玛利亚。但这算什么保全呢？这是一种荒谬、可耻的行为，也许能瞒过几年，但最终一定会被戳穿，那时造成的后果将更加严重。永远不要心存谎言，那会让灵魂备受折磨。此外，骗局终将败露，随之而来的是怨恨和报复。还有件事，可怜的普罗米修斯死了。不知道它究竟吃了什么，或许是别人撒在地上用来杀死老鼠的毒药。洛丽伤心欲绝，她把它带到小花园，在地上挖了坑，一边祷告，一边把它埋葬。玛利亚以为她的悲痛是因为狗狗的死，哪里猜得到女儿那颗失常的小脑袋瓜里受着怎样的折磨。玛利亚对孩子的事毫不知情，而那个小生命正在生出毛发、长出脚丫，等待从少女的肚子里出来，便立刻投奔生活。如果玛利亚得知这个孩子是她深爱的弗朗索瓦在她女儿腹中留下的骨肉，她会怎样？会叫女儿去堕胎，还是会让她把孩子留下？玛利亚会和弗朗索瓦撕破脸，还是迫使他和自己忘恩负义的女儿结婚？我不知道，也许我根本不想知道。人们对子女总是知之甚少，甚至全然不知。他们就在我们身边，却心存戒备、躲避察觉，为此，一些父母变为监视子女的侦探和狱吏，无法驾驭他们，却企图倚仗古老的权威占有他们，最终落入控制狂的地狱。

4月2日

　　普罗米修斯死了。兽医跟我说过，如果它几天内不能恢复，就可能会死掉，因为毒药正在它那毛茸茸的小身体内蔓延。它的那股欢快劲儿瞬间无影无踪，我看着它要么待在椅子下面，要么待在厨房的餐桌下面，身体蜷缩成一团，鼻子又干又红，眼睛上挂着眼屎，呼吸急促。我可怜的狗狗，它那么爱我，无论我到哪里，它都陪伴着我，就连我和弗朗索瓦做爱的时候，它也在我身边，就那么看着我，仿佛知道我在干蠢事，却不敢像姥姥那样责备我，只是对我微笑。它会说，生下这个孩子吧，因为每个新生命都能带来一份喜悦，你也可以叫他普罗米修斯，和我的名字一样，这是狗和人之间一种奇妙的延续，你知道这种关系既深刻，又神秘，一切看似不可思议，然而两者之间毫无保留的爱却毋庸置疑。当我听到它在垂死呻吟，就把它抱在怀里。我看见它的眼睛注视着我，向我求助，我忍不住开始哭泣。别离开我，我的小宝贝，别走，我求求你。可怜的普罗米修斯，你的一生多么不幸，先是惨遭遗弃，然后又被毒死！我紧紧抱住它，感觉到它正在离去，身体渐渐变得僵硬、冰冷，我轻轻摇着它，一边哭泣，一边为它唱歌——那是我小时候，妈妈为了哄我睡觉在我耳旁轻声哼唱的歌谣。我把它带到小花园，请多拉塔帮忙把它埋葬。她非常友善，挖呀，挖呀，一言不发，随后，在用土把它掩埋之前，她像慈母般抚摸了它，最后，我们坐在坟墓近旁，一起喝着我用保温壶带来的咖啡，她赠给我一个没有牙齿的微笑，颇令人反胃，却也十分温柔。她是唯一不评判我的人，从不责备我，尽管陪我待不了多一会儿，她就烦了，转身把后背朝向我，继续忙她的铁器活儿。普罗米修斯的死坚定了我要生下孩子的想法。我已经做过超声检查，知道是个男孩，也已经思考明白，这件事应该告诉妈妈，实话自有它的意义，尽管理性还未认清这些意义。我记不住原句了，也忘了是谁说的，但这句话毋庸置疑。我要面对现实，把一切都告诉妈妈，但真不知道该如何说出口。我办不到，无论如何办不到。

4月10日
亲爱的弗朗索瓦：

我们手牵着手走在阿姆斯特丹平坦的大道上，钻进"优雅的郁金香"酒店旁边的小咖啡馆避雨，这些你都记得吗？对我而言，一切恍如昨日。玻璃门安静地打开又关上，但每次都吹进一股雨夹雪。为了暖暖手，我们把大杯的咖啡握在指间，沙发柔软，小苹果派香甜可口……一起出游两个月之久，我却感觉不过两天而已。

那些日子已经深深印在我的脑海里，成为一份喜悦、幸福的回忆。我如此深爱着你，我们躺在那张大床上，盖着厚厚的、轻柔的羽绒被，你紧紧拥抱着我，那一刻我简直欣喜得要哭出来。从未想过，我的人生会有如此幸福的瞬间。

然而，家里却弥漫着不悦和怨气。我经常听到摔门、摔窗户的声音，女儿几乎从不着家。自普罗米修斯离去之后，她就变得傲慢古怪、难以相处，而且总是满腔怒火。你记得吗？圣诞节的时候她多么快活、温柔，你把小狗送给她的时候，她显得那么热爱生活，尤其是还和你那么要好。你每天早上送她去上学，给她买新鞋子，给予她一切美好，她仿佛明白自己有了一位新父亲。而现在她几乎都不正眼看我，从我身边经过的时候总是匆匆忙忙，然后便把自己锁在屋里；要么就一声不吭，出门时挥手跟我招呼一下，再看见她时，已经是晚上了。

有时，她回来时我们已经睡觉了。为了不把我们吵醒，她踮起脚走路，去厨房喝水，然后又把自己锁在屋里，但我还是能听见她回来的声音，听见她光脚走在地板上，听见她用钥匙锁房门。我问自己，她为什么要这样，还三番五次地追问她到底怎么回事，而她根本不屑于回答我。哎，妈，你不懂。她对我说，然后进了厨房，之后一如既往地摔门而去。我问母亲，知不知道她这一腔怒气究竟从何而来，又为什么一言不发，而母亲说自己什么也不知道。然而，她虽然什么也没说，嘴唇却微微翕动，仿佛知道一切，只是不能说。母亲不摔门，却也回避着我。

似乎她的面包师结婚了。这样更好，他比她小三十岁不止，和她能有什么结果呢？而她则好像和某位菲利普开始了又一场爱情游戏，他俩每天互发上万条瓦次普。你想看看他有多帅吗？她问我，而我根本没兴趣。我觉得妈妈有点离谱，动不动就谈一场廉价、肤浅的恋爱。他比你小多少岁？我问她。只小十五岁，她笑着回答我。他有妻子和两个女儿，只不过夫妻俩各过各的，虽住在同一屋檐下，实际上却分居。那他的女儿们呢？她们还是孩子，不会注意父亲都在干些什么。依我看，这件事不成体统，而且没有任何未来。我能理解黄昏恋，但和一个依然与妻子共同生活的已婚男子恋爱就不合适，万一他妻子发现了呢？我问她，但没得到回答。我估计那位妻子尚不知情，可怜的女人，想想看，等她发现自己的丈夫爱上了另一个女人，两人虽从未见面，却有频繁的短信往来,并且内容滚烫——这是母亲向我坦言的,那时她会怎么想?又是科技的鬼把戏,说实话,我对这些颇为抗拒:一个陌生人,幽灵一般的存在,只能在纸面上,不,是屏幕上现身,他永远没有实话,不停地编造谎言,发送虚假的照片。谁知道他对她所说的一切有几成是真实的?你说,为什么一个四十五岁的男人、一个帅气富有的咖啡商人——我母亲是这样跟我描述的,要和一个六十岁的老太太暧昧不清?的确,她很惹人喜爱,但年纪比他大了将近二十岁(尽管她把自己的年纪说小了好几岁),而且总归是个陌生人,你根本不了解他身上的味道、他说话的声音。依我看,这就是一场虚拟恋爱,并不真实存在,不过是在电子幻术的藩篱内胡思乱想的产物。

不再拿家里鸡毛蒜皮的小事来烦你了。我想告诉你一个好消息:我在阳台上栽培的郁金香已经生根发芽,嫩绿嫩绿的小叶片从湿润的土壤里钻了出来。看着这些花卉生长令人欣喜,它们令我想起和你一起度过的那些故事不断、幸福甜蜜的日子。梵高的画作依然经常浮现在眼前:他笔下的农民因劳累变丑,却洋溢着生活的喜悦;还有那菜花一般的繁星,黑色的鸟儿成群结队,划过夜空，与麦田的黄色形成鲜明对比。在视线的尽头，一个黑色身影行走在麦穗之间。正如介绍里描述的那样，那是画家本人，抑或一位忧心忡忡的农人，他正走在回家的路上，房屋和地平线融为一体，形成一条粗犷的亮线。

你还记得我们在博物馆的自助餐厅吃饭时的事吗？你把放着餐盘和满满一杯水的托盘摔到地上了，幸好什么都没碎，你因难为情而满面通红，而我则笑个不停。盘沿竖在地上，开始滚动，像飞碟一般滚过一张张桌子，水杯则像一只袋鼠似的跳得又高又远。难道它们是橡胶做的吗？你说道，然后我俩一边大笑，一边追着滚向门口的盘子、杯子。还有，你记不记得我们在港口看到的那个男人？他买了生鲱鱼，然后像一头饥饿的海豹般，把它们一整条一整条地塞进嘴里。

还有运河沿岸的悠长漫步。有一次，我差点被一辆自行车撞倒，你还记得吗？好像那时我们正走在自行车道上，往来的自行车毫无顾忌地疾驰，当骑车人奇迹般地躲开了我们，他非但没有停下来道歉，反而开始破口大骂。你扑到我身上，把我和那个蛮横的老粗隔开，然后，我们俩搂抱着继续前行。与琐碎的庸常，与熟悉甚至令人窒息的一切，与和我们紧密相连的家庭暂时拉开一段距离，去走访未知的城市；与陌生的面孔萍水相逢，体验迥异的风俗，这一切有多么重要。

你还记得那个星期一的早上吗？我们发现大门被两个烂醉如泥的身体堵住。那是两个小青年，睡得死死的，根本没法挪开，我们只好从他们身上迈过去，你还记得吗？刚一出门，我们便被宜人的温暖包围。在整整八天的雨、雪、风之后，暖融融的太阳钻了出来，日光和煦，令人喜出望外。你想脱掉羽绒服，可是后来，因为不知道该把它放在哪儿，又重新把它穿上。也不知道为什么，我们的每一个举动都显得笨拙、滑稽，令我们笑得眼泪都要流出来了。这是我们的蜜月，你伏在我耳畔低语道。而我们在一起已经五年了，其他那么多次旅行都不算蜜月吗？嗯，这次才是蜜月该有的样子，有充裕的时间可供支配，以前从未如此悠闲惬意，这才是称心的蜜月。我们仿佛刚刚相恋几日而已。你的身体和我的身体从未契合得如此完美。你的呼吸融入我的呼吸，你的舌头和我的舌头纠缠在一起，你双目紧闭，沉浸在肌肤相亲的欢愉里，我们给予彼此刻骨铭心、前所未有的体验。

尽管旅途悠长，我仍意犹未尽。一直以来，你有公司的工作，我有手头的翻译，我们从未放任自己享受这么久的假期。你对我说，这次，我们理应如此，因为我们值得拥有这许多欢喜和恩爱，于是，我不再为搁置翻译而自责。

给你无尽的爱，我的弗朗索瓦，紧紧拥抱你。

玛利亚

4月15日

姥姥说，如果一周之内我再不去找妈妈坦白，那她就去跟妈妈说。别，姥姥，我求求你，你没看见她现在多么幸福吗？她给我看了他们旅行的所有照片，弗朗索瓦将那称作"我们的蜜月"。他俩如胶似漆，爱得如痴如醉，难道要我往这两颗炽热的心里插把刀吗？我怎么才能下手？你说说，我怎么才能下手？我可以往负心汉弗朗索瓦的心里插一刀，但绝不能这样对待妈妈，她的心满满都是爱，正如她装在行李里带回家的郁金香那般含苞待放。

我骑上摩托车，来到超市，装了一口袋吃的东西，给多拉塔拿了过去。她以一个黏糊糊的吻感谢我。我对她说，自己正在等待一个孩子的降生，而她仿佛没听懂我的意思。她总是生活在自己的世界里，在那个世界，语言没有任何用处，思想如同自由而忙碌的鸟儿一般振翅飞走。我还给她带了一床羽绒被，是从家里找出来的，可能是姥姥的，已经好几年没用过了，就放在那儿长虫。多拉塔，你开心吗？而她不作答、不说话，如果能咧开那张没有牙齿的嘴朝我微笑，就已经算很给面子了。她从我手中把我带来的东西夺过去，一副取笑的神态，鼻子上还挂着鼻涕。我向她提议，送她去一家我知道的福利院，这样她就有地儿睡觉了，而她斩钉截铁地摇头拒绝，认定大桥旁边的垃圾场就是她的家。她用一种波浪形板材为自己搭建了顶棚，恐怕那是块石棉瓦，她还把几条用在鸡舍上的木板七扭八歪地钉在一起，当作内壁——至少我觉得那是鸡舍上的木板，因为在那些开裂、破旧的木条上还粘着五颜六色的小羽毛，时不时掉下一片，随风飘摇。她把一张肮脏不堪的旧床垫放在地上当作床铺，那上面肯定全是虱子。然而，她在这里过得颇为惬意，自由自在，并把自己当作这儿的主人，尽管有些日子她甚至吃不上饭，因为没遇到能施舍她几个小钱的人。即便如此,她依旧感觉良好。我发现她的床铺旁边有几本书。多拉塔,你还看书哪?她向我点点头。你看的什么书?她把书拿给我看,每本都皱巴巴的,封皮上沾满污渍,而且残破缺页。有一本关于猫的书,一本关于希腊犬儒学派的书,一本《小王子》,一本《汤姆叔叔的小屋》,她是从垃圾里把它们捡出来的,小心翼翼地收藏着。我给她讲了意料之外的孩子,讲了一个濒临自毁的家庭所处的窘境,反正她也听不见我的话,抑或根本没在听。说到某处,她忽然一边拍手一边大笑,仿佛我正在讲述世界上最滑稽的事情。多拉塔,我正在给你讲的是一场悲剧。而她无动于衷,继续拍着手,我不知道她那两只肮脏的耳朵究竟能听进去多少。我曾纳闷她怎么洗澡,她总得时不时洗个澡,后来发现,每当攒够一点钱时,她便躲进火车站的卫生间里,那儿有付费淋浴,她甚至能把一头白色长发都洗得干干净净。多拉塔,你真不是凡人,还想看其他书吗?我拿给你。她却摇摇头,示意不用。不确定她有几分是真聋,有几分是合上耳朵不想听。也可能她完全听不见,通过看我的嘴唇读懂我的意思。她睁大那双蓝色的、清澈的眼睛,目光游离,每当此时,我都觉得她和中世纪神秘的隐修女并无不同。妈妈给我讲过，那些隐修女住在山洞里，仅以青菜为食，只不过隐修女如此生活是出于对基督的爱——她们视他如同新郎，而多拉塔这样生活是出于对自由的爱，就像隐修女们把基督受伤的身体当作丈夫一样，多拉塔把自由当成郎君。隐修女在山间的秀美和孤寂中寻得安宁，多拉塔则在一座脏乱不堪、监管不力的城市的垃圾堆里寻得安宁。我还给她带了点速溶咖啡，她毕恭毕敬地亲吻了我的手。可她到哪儿去弄开水？她转过身，点燃一小堆火，不知道她从哪儿弄来的火柴。她生起那一小堆篝火的动作娴熟极了，那团火足够煮开满满一铁壶的河中水。

我和图陆激情复燃，我们之间的爱情似乎重新变得炙热、炽烈。难道怀孕的女人能激发特别的欲望？他并不知道我怀孕了，但我的身体知道，它就像一轮冉冉升起的太阳，散发出和煦、柔美的光芒，那光给人温暖，又不至灼伤，一定是这样，因为路人看我的眼神就仿佛想要把我吃掉一般。幸好现在还看不出什么，我穿的衣服都肥肥大大，以此避人耳目，但过不了多久，肚子就藏不住了。纸包不住火，到时我不得不说出真相。可真相究竟为何物？我想它不过是一种无益的残忍，真相什么时候给人带来过快乐？只有痛苦、愤怒、报复。在我看来，真相是一件愚蠢之物，应该竭尽全力隐瞒，它只能带来伤害，迫使人们做出愚蠢的决定。不过，一个孩子毕竟不仅仅意味着真相，他还是铁证，我必须想办法，绞尽脑汁，设法让他被世人接受。无论如何，我已下定决心留住他，尽我所能善待他。我不怕成为未成年妈妈，如果他们愿意帮我一把，那最好；如果他们不愿意管我，我就自食其力。就像那个可怜的秘鲁女人一般，她在一家与妈妈有合作的出版社打扫卫生。她把孩子放在篮子里带在身边，干活的时候就把篮子放在地上，永远不会离她手中的抹布、扫帚，或吸尘器太远。而那个孩子，是个小女孩，名叫小星星，她很懂事，知道如果想待在妈妈身边，就得乖乖的，因此躺在篮子里安安静静，一声不响，饿了的时候就向上踢踢两条小腿，仿佛跳芭蕾似的，以此召唤妈妈。两只赤裸的小脚丫代替声音发出呼唤，她已经学会把呼喊声克制在喉咙里。如果妈妈把我扫地出门，我也会这样。我可以去投奔弗朗索瓦，他至少看上去很爱妈妈，愿意保护她，但恐怕他不会开开心心地接待我。在他年迈的母亲过世后，他便和瘫痪的舅舅一起生活，他是这么对我说的。我想，他家没地方能容下我和孩子，我得开始工作，把儿子背在背后，像日本人那样，把裹住孩子的布带系在肩膀上，让他的两只膝盖抵住母亲的后腰，我得为他，也为我自己挣口饭吃。妈妈把我扫地出门的理由再充分不过了，我这次把她坑得太惨了，但愿她别哭天抹泪就好，我讨厌看见她哭泣，尽管实际上，在父亲过世之后，她已经好几年没哭过了。回想那时，父亲瘦得像一条沙丁鱼，在接受过各种治疗，甚至进行了骨髓移植之后，他仿佛已经康复。不料，恶疾卷土重来，瞬间把他击垮。他苍白虚弱，脸肿得像一只皮球，头发都掉光了，看起来就像一位百岁老人，而实际上，他还不到四十岁。小时候，我是那么生他的气，因为他连个招呼都不打就走了，但每当我看着我和他的那张合影——我们一起走在乡间小路上，身后跟着一条黑白相间的狗——我想，我曾深深爱过他，那份爱有一部分遗留，被掩埋在某处：我眼前浮现出他骑自行车的身影，小时候，他经常让我坐在后座上，骑车带着我。你坐稳了，别掉下来，他对我说。有一次，我们真的从车上摔了下来，但都没有受伤，我们拥抱在一起，在草地上打滚。

5月2日

　　菲利普变得纠缠不休，我做的一切，事无巨细他都要过问，我去哪儿，我见谁……就好像他是我男朋友似的。但我们从来没见过面啊，菲利普，你到底想怎样？而他说他爱我，这份感情他始料未及、无法抗拒，已经波及他的家庭，而他打破不了与家庭的联结，那是他无法挣脱的宿命。菲利普，我们互不相识，我不知道你究竟是股气，还是股水，我们就保持现状吧。这份缥缈的爱情可以温暖人心，这就足矣，何必非得节外生枝？

　　他回答说，他在照片上已经把我看过千万遍，我们不是经常在瓦次普上互传照片吗？我们不是已经知道对方的样子了吗？的确，不过，菲利普，照片是会说谎的，比如我就欺骗了你，我不是四十岁，而是六十岁，已经是一个孩子的姥姥，并且很快就要当太姥姥了。我不得不告诉他这些，因为他不停地折磨我，几乎把这当作网络爱情理应享有的特权。五天以来，我没再联系过他，也没收到过他发的消息。在瓦次普上，他的照片就在那个富有魔力的小圆圈里，却再没跳动着吸引我的注意。

第六天，我听到嘟嘟声，他又来了。杰苏伊娜，我丝毫不在意你的年龄，我爱你笔下的文字，爱你拥有的智慧，爱你照片上的身体。请至少告诉我，那些照片都是真的，都是你本人的，告诉我你不是一个满脸皱纹的驼背老太太，而是我在照片上看到的那个漂亮女人，亭亭玉立、身姿曼妙。照片有一部分是今年的，另外一些是去年的，菲利普，你看到的就是我本人。他心满意足，给我发了一串笑脸。一个四十五岁的男人爱上一个六十岁的老太太，并觉得有联系我、控制我的必要。无论如何，这令我感到神奇。

依我看，其实他也不打算真正和我见面，只想通过互联网占有我，在虚拟世界里据我为己有，完全据为己有，随时可以拥抱。这种拥抱永远不会实现，却无时无刻不浮现在他的幻想里，或许也浮现在我的幻想里。只不过，我没有他那种占有欲：我知道他有妻子，还有两个让他分外疼爱的女儿，我从不指望他能离开她们，来和我一起生活。我问自己，我们女人是否已将某种礼仪感内化于心了，我说的不是社会礼仪，而是内心深处的，对情感、欲望的克制和分寸，然而男人却并不领会这些，他们习惯为了悦己而占有女性身体。一旦这些身体离他们远去，表露出独立而违逆，便会激起他们的怒火、忌妒、占有欲和控制欲。不过，我怎么觉得这像我女儿玛利亚的论调，不太像从我嘴里说出来的话，不太符合我的性格和思维模式。难道我变得越来越像她了？是与日俱增的年龄把我变得温和、淡漠了？是洛丽的怀孕导致我改变风格了？

我从没跟菲利普提起过面包师西莫内，但如果他知道有这么个人，会做出什么反应？也许他什么举动也没有，因为那也是虚拟世界里的一段插曲，或许化为一串愤怒、中伤的言语。然而，如果就像每天都会发生的那样，菲利普揣上一把刀，奔来杀了我和西莫内呢？幻想和现实究竟是什么关系？这我得问女儿玛利亚，她是家里的学者，博览群书，从心理学到哲学史，她无所不晓。而玛利亚正沉浸在恋爱的痴狂之中。她甚至想不到自己将蒙受多么恐怖的当头一棒。给她打击的，将是她的亲生女儿。那可是致命一击。苦命的玛利亚！然而，她最好知道事情的真相，我们不能继续生活在重重疑云里，三口人不能继续貌合神离地困在这个家里。我虽想独善其身，却难以自拔，何况我还有自己的爱情纠葛。杰苏伊娜，一切都扑朔迷离，无一例外，绝对清澈透明、一目了然之物从未存在。我们被团团昏暗的迷雾笼罩,期盼风清云去,却甚至无法辨别路在哪里。

5月10日
亲爱的弗朗索瓦:

在这个家里飘荡着一个秘密,它属于我母亲和我女儿。我有几次撞见她们之间古怪的眼神交汇。到底发生了什么事?她们似乎瞒着我什么事;可究竟是什么事呢?在一个由女人组成的小圈子里,任何事都透明,什么也藏不住,尤其当有某个秘密存在时,它会通过神秘而迅疾的眼神从一颗脑袋传递到另一颗脑袋,而这次,参与其中的只有两颗脑袋,第三颗脑袋被摆在一旁,被人蒙在鼓里,置之不理。我甚至不知道,秘密是否和我有关。如果她们执意对我隐瞒,我只能认为它一定和我有关。洛丽,有什么事不对劲儿吗?和我有关系吗?我想问问她,因为,看上去最为这个秘密心烦意乱的人是她,而她却守口如瓶,根本不回答我的问题。

抱歉,我又用家里鸡毛蒜皮的琐事来烦你。有时我问自己，为什么每次都是我对你讲我的住所和家庭，而你却从来不提你的住所和家庭呢？你只同我说过，你的家在里尔，家里人不多，自从母亲过世后，就和瘫痪的舅舅同住。我和我母亲恰好相反，她和一个叫菲利普的人在瓦次普上聊天，她了解他的一切，还给我看他的照片。而我却从没见过你家什么样，从没看过你母亲的照片，不知道你睡觉的屋子是怎么布置的，每天早晨喝咖啡的厨房是如何装饰的，还有那个你上次对我提起的瘫痪的舅舅，他有怎样的身体、怎样的面容？我们俩都是因循守旧、抗拒科技的人，难道这使我们相互远离、彼此生疏了吗？此外，你经常对我说：只有爱情是你我之间唯一的实在，其余都无关紧要。事实上，每当我们在一起的时候，都仿佛一对初遇的恋人那般。我们年龄相仿，自由而幸福地厮守、拥抱、欢笑、亲吻……一切都如此自然而完美。然而，有时我会想，我们好似正悬在一只轻盈、五彩的气泡之中，这只气泡随时会破碎，先是粉身碎骨，随后消失殆尽，这正是气泡的宿命。也许是我想得太多了，你我二人之间，不乏具体而稳固的联系：两个成熟的个体心有灵犀，彼此追寻，久别重逢，合为一体，并享受肌肤相亲带来的乐趣。我们不要忘记至关重要的一点：我们不仅是两位爱上爱情的梦想家，而且是两个对彼此越来越熟悉的人。我们保持通信，坦诚交流，包括那些最不为人知的思绪。一有机会，我们就一起计划度过美妙的假期，每次重逢，我们都紧紧相拥，心里总怀着一份崭新的喜悦。这些不能算少，弗朗索瓦，也许已经很多，非常之多，这个由思考和现实构成的小世界囊括了宇宙的全部真实，它重如泰山。在一起的每分每秒，我们都成为一个人，或者说合二为一，我也不知道该如何描述，但我觉得你已是我的一部分，其余都无关紧要，正如你所说的那样。

昨夜又梦见了你。一如既往地紧紧拥抱着你，突然，我发觉自己抱着的是一头怪异的生灵，手触之处皮肤黏滑，不禁吓得浑身冷战，发现自己怀中紧抱的竟是一头巨鳄，它长着一身厚实、坚硬的鳞甲。我大叫一声，猛然惊醒。不知道自己为何做了如此愚蠢的梦……然而巨鳄并不想伤害我，只是拥抱着我，你明白这梦有多离奇了吗？身旁趴着一条鳄鱼，它的爪子湿乎乎的，紧紧抓住我，长长的嘴里竖立着两排利齿，它要亲吻我。可鳄鱼的嘴怎么能亲吻人类的嘴呢？清醒过来时，嘴里一股海水的咸味和藻类的气息。想象力有时会开一些凶狠的玩笑。

深深地拥抱你，保持联系。

玛利亚

5月21日

亲爱的，最最亲爱的妈妈：

我决定给你写信，因为实在做不到当面相告……首先，我要告诉你，我对你的爱如痴如狂，它宛若一口深井，我总是从这井中汲取清泉，开怀畅饮。这井水清冽、甘甜、纯净、冰爽，它无与伦比。妈妈，是的，在这里，我要向你坦白，你那自私自利、不懂人事的女儿，可以说绝非有意，却做了一件恶事：我往水里投入毒药，坏了一泓清流。妈妈，我们必须堵住这口井，否则它会令我们坠入深渊，万劫不复。你一定会问我：洛丽，你在说什么？干吗绕这么多弯子？到底要跟我说什么？而我会回答，我实在难以启齿，因为知道这是往你心头插上一刀。然而，姥姥的话没错，我必须告诉你，因为无论真相有多么残忍、苦涩、致命，都胜过谎言。我要告诉你的真相与弗朗索瓦有关，我知道你们对彼此的爱有多深，你们相遇、相交、相知、相恋……然而，爱情有时也会打盹片刻：弗朗索瓦和我，我们做过爱，我向你保证，整个过程没有任何深情，但那个愚蠢的瞬间却孕育了一个孩子。是的，这就是我在心里憋了好几个月的秘密，它令我饱受煎熬、生不如死。我应该向你坦白，姥姥从知情的第一刻起，就这么对我说。也许她是对的，她强迫我告诉你，因为事关重大，你必须知道。我不爱弗朗索瓦，他也不爱我，我曾那么愚蠢、懦弱，而现在米已成炊，就像姥姥所说的那样。如果你想把我扫地出门，我完全理解，我会自食其力，照顾孩子，身边没有男人。请别生弗朗索瓦的气，因为他真心爱你，以为这次小小的怯懦之举已成过眼云烟。他不知道孩子的事，如果你愿意，我们可以不告诉他，我们守住这个秘密，你、姥姥，和我，我们三人一起把孩子抚养成人，尽管我不敢奢求这样的梦想可以成真。这个愿景太美好，但我知道，对你而言，将是一场悲剧：你不得不离开弗朗索瓦，而他爱你，你也爱他。我不想毁掉这份深厚的感情，尽管我已经做出了毁掉它的蠢事，也许是我嫉妒你们之间的完美结合，也许是我想把这份爱偷偷夺走、据为己有，但我确定，最终我一定会选择离开。近期，我会在朋友阿加塔家临时借住，刚好前几天，她对我说她和丈夫分手了，希望有人去她家陪她。去陪她的不仅有我，还有新生儿，但愿他和小星星一样安安静静。小星星就是在与你合作的那家出版社打扫卫生的秘鲁女人的女儿，你还记得吗？她的事是你告诉我的，那个年轻的妈妈叫什么来着？我不记得了，她带着自己刚出生的女儿小星星一起上班，把女儿放在篮子里，她在哪儿，就把篮子挪到哪儿，无论是用抹布擦地的时候，还是为职员们煮咖啡的时候。那个小女孩非常安静，因此没有人吹毛求疵、指指点点。妈妈，我也会这么做，我能自食其力，你不用担心。我必须向你坦白一切，卸下这个偌大的秘密，现在我感觉如释重负，渴望飞翔。我变轻了，非常非常轻，随时可以起飞，当你读这封信的时候，我多想能够飞到天花板上，观察你的反应。妈妈，请别太恨我，我对你的爱丝毫未变。我本可以选择堕胎，可当我感受到孩子在我体内活动，便越来越难以做出把他打掉的决定。我还想过谎称孩子是图陆的，曾和姥姥说过这个打算，但她说得没错，如果那样，我不仅愚弄了自己、愚弄了你，也愚弄了弗朗索瓦和图陆，更何况，今后陪伴孩子长大的人并不是他的亲生父亲，会制造太多难解的结。我的确是个结绳高手，水手结、渔人结、双套结、三环结……却最不擅长解开它们。妈妈，我已向你坦言一切，现在就等待你开口，无论你做何决定，我都接受，绝不反对。我做错了，道理在你那边，尽管我明白，这一次，占了上风也丝毫不能令你称心，只能带来忧虑和痛苦。请别生弗朗索瓦的气，都是我的错。

真心诚意地拥抱你。

你的洛丽

5月22日

今天早上，洛丽大喊着跑过来叫醒我。她抓住我的一条胳膊，拽着我向玛利亚的房间奔去。她端正地躺在床上，衣装整齐，只有额头冒着汗，头发贴在脑门上。不知道她到底吃了多少片安眠药。我去摸她的脉搏时，双手忍不住颤抖。她还有心跳，但微弱、无力，几近停止。我叫了救护车，而洛丽在屋里转来转去，不知所措。我匆匆忙忙换上衣服，此时听见洛丽在啜泣。别哭了，快换衣服跟我一块儿去急救中心！但我旋即明白，她做不到。救护车一到，我立即冲了出去。我送玛利亚去医院。

我看着两位护士把她绑在担架上,发动机轰鸣着,救护车全速行驶,在车流中开辟出一条通道。到达之后,我想和她,还有两位护士一起进手术室,却被他们拦在门外。请您坐在这里等候,可以进去的时候我们会通知您。然后他们就不见了。我听见他们给她洗胃的声音、可怕的呕吐声、声嘶力竭的咳嗽声、急促的对话声……一小时之后,他们推着病床出来了。她躺在那儿,像死人一般苍白,但还活着。我看到她的双眼失去了光泽,面容僵硬,脖子浮肿。谢谢你们救活了她!然而,病床在飞奔,护士们沿着幽深的走廊推着它奔走。我跟着他们一起跑。你们要把她带到哪儿去?我们得给她插管子,安排她进病室。什么病室?机能复苏室。为什么?您不能进,您不能进。

现在只剩下一位护士了,他裸露着两条胳膊,上面布满文身。我大声和女儿说话,但她却听不见。走廊尽头还连着其他走廊。我注视着那个人的文身,被它们的丑陋所吸引。一条披着一头长发的美人鱼,头在肩上,长长的鱼尾顺着右臂垂下;另一条胳膊上是一艘张开所有风帆的航船,他的肌肉每动一下,船帆就好似被风鼓起，引领船儿朝着地平线驶去。与此同时，美人鱼摆动着尾巴。除了那两条肌肉健硕的胳膊，你不会在其他地方看见这样的帆船和美人鱼，然而它们却鼓荡着、摇晃着，活灵活现，仿佛真的一般。

5月30日

我在女儿的病床旁边，病房里还躺着另外三位昏迷不醒的女人。按照规定，我身穿绿色隔离衫，头戴医生帽，双手消过毒，鞋子外面套上两只塑料鞋套，走起路来仿佛踏在云上一般。玛利亚已经昏迷好几天了。她还有呼吸。她的心脏依旧跳动，眼睛却闭着。她的嘴唇锁住，只在插管进食的时候才任人撬开。我的双眼机械地追随着那位护士的双臂，他在患者的病床周围忙碌着。

墨色美人鱼想要登船吗？水手们起劲儿地挥动手臂，升起风帆。他们爬上船中央最高的桅杆，眺望地平线。莫非美人鱼爱上了其中的某位？而水手会爱上一条美人鱼吗？传说中，是美人鱼爱上了水手。然而，传说中还有描述，塞壬是不祥之兆，要远离这些海妖的身体。事实上，这半人半鱼的女子不停地跟随行船，水手们越是意识到她的存在，海面上便越是狂风大作、波涛汹涌，令所有人命悬一线。

此刻，船长心知，美人鱼一定是爱上了某位水手，于是决定抓阄，抓到哪位的名字，就把他扔进海里，以此平息波澜。结果，一个年轻、英俊的青年被命运选中。然而，这个青年是船上最优秀的水手，船长决定再给他第二次、第三次机会。不料，每次抓阄，他的名字都被抽中，美人鱼爱上的男子必定是他。所以，尽管心有不甘，船长也不得不决定把他投入水中，水手却请他且慢，说道：您的确没错，我的名字被抽中三次，理应由我牺牲自己，拯救全船，但在把我扔进海里之前，请允许我单独和美人鱼相处一会儿。于是，他被单独留下，从船尾探出身子，美人鱼就在那里若隐若现。水手为她唱起一首优美的爱尔兰歌曲，旋律忧伤而缠绵，歌声如此甜蜜。美人鱼被这天籁般的嗓音以及曼妙的曲调蛊惑，平息了下来。顷刻之间，大海风平浪静，船只得以继续航行，不必献祭这个俊俏的水手。

帆船在他赤裸的手臂上摇荡，美人鱼聆听着水手甜美的歌声，在惊涛骇浪中浮沉。它们与我心中无法抚平的伤痛同在。不见水手。文在他皮肤上的图案里，没有人类的身影。我忘了自己什么时候、在哪里读过这则童话，此刻凝望着护士的文身，它重新出现在我的脑海里。无论我多么努力地想要把目光移到玛利亚身上，注视她那张凝滞的脸，都无法自控，还是忍不住出神打量那一对动作娴熟、灵巧的手臂。它们又是这般现实、可怖，充满命运的冷酷。

长久地望着女儿那张蜡白、凝滞的脸令我心如刀割。妈妈，求求你，不要死，洛丽说道。她坐在走廊里，我们轮流守护在玛利亚的病床旁边。弗朗索瓦也来了，他端坐在椅子上，面容憔悴、一言不发，盯着自己的双手。他不言不语、不吃不喝，看上去消沉沮丧，可麻烦是他惹的，还有她，他们俩。他和洛丽，两人都神色绝望，彼此保持着一段距离。现在，他已知晓发生的一切，她的肚子已颇为明显，而他对此不屑一顾。尽管如此，一望便知，有她在面前，这令他局促不安。

6月4日

我的肚子越来越大，学校终于快放假了，其实，最近我很少去上课。孩子在我肚子里踢腿，我希望弗朗索瓦摸摸我紧绷的肚皮，感受胎动，而他不愿意。他的额头上多了两道深深的皱纹，在自杀事件（他这么称呼此事，好像妈妈真死了似的）之前，那皱纹不曾存在。她还活着，我坚定地说道，她现在陷入昏迷，不知道何时苏醒，也许几天之后，也许几年之后，这是医生对我说的，他说话时盯着我，仿佛我是个傻叫花子，和多拉塔一样。我蓬头垢面，肚子把裙子撑得鼓了起来，一件过于肥大的毛衣下摆耷拉在身体两旁。我呼吸沉重，一副呆头呆脑的蠢样。我不能直视平躺在病床上的妈妈，她在机能复苏病房，旁边都是呼吸微弱，什么也看不见、什么也说不出的病人。难道我不该写那封信吗？我想问弗朗索瓦，而他既不说话，也不听别人说话。我想问姥姥，可她也像个聋子似的，好像一切过错都是且只是我一个人造成的。妈妈，求求你，请不要死去，我们需要你，此外，我不想因为说出真相而悔恨终生。求求你，妈妈，请睁开眼睛，看看我，告诉我你还在，失去你，我将陷入迷途。我就知道，真相是一件愚蠢、危险之物，一剂致命的毒药，我曾对姥姥这样说过，而她坚持己见。我的儿子普罗米修斯也在踢我的肚子，用他的语言告诉我，要说出真相，即便代价惨重、弄得一团糟，但生活原本就是一团糟。妈妈，这既不是我的错，也不是弗朗索瓦的错，告诉我，我该如何弥补，告诉我，求求你，我会竭尽全力。肚中的孩子一直幸福、安宁，他静静地长大，不时踢我几脚，令我涌上一阵恶心。妇科医生阿米莉娅说，他很健康茁壮，将在九月出生，将来他一定能成大事，因为他的力气大得像一头壮牛，有着山羊一般的蛮劲，还没出世就横冲直撞。你早该预料到后果，姥姥冲我吼道。但怎么预料？何时预料？通过什么途径预料？人在做事的时候不可能次次都想到后果。洛丽，你是个不负责任的人，她说道，负责任的人都会考虑自己行为的后果，这样才能算作有责任感。姥姥，这你已经和我说过无数遍了，我可一点儿不觉得你比我更负责任，明明已经成了老太太，还有那么多旧爱新欢。我知道自己在做什么，我没坑害过任何人，她喊道，我不横刀夺爱，我不欺骗他人，我不制造麻烦，我的爱情都正大光明。可我清楚，她说的不是事实，因为她诱骗过的人比玛塔·哈丽[1]还要多。

---

[1] 玛塔·哈丽："一战"时期巴黎的脱衣舞女，更是一位周旋在法德两国之间的"双面美女间谍"。——译者注

6月7日

　　弗朗索瓦回去了。忧郁，沉默，惨白。弗朗索瓦，这不是你的错，身体偶尔出轨，通常不会导致不良后果，但这次你们孕育了一个孩子，一切就变得棘手了。这个孩子一定和你一样漂亮。洛丽想叫他普罗米修斯，但我觉得这个名字蠢透了。它没能给小狗带来好运，此外，在人类记忆的长河里，它与悲惨的宿命相关联——那个人被束缚在峭壁上，他的肝脏不断被恶鹰的利喙啄食。他被处以极刑，而他所犯的罪过令我不解。偷走天神的火种，把它给予人类，对于我们而言，这难道不是一份慷慨的馈赠吗？何以遭受如此残酷的惩罚？再三思索，终于明白，天上居住着独断专行、睚眦必报的神明，对于他们的统帅而言，这份罪过不可饶恕。普罗米修斯只是一个拥有神力，却遭遇不幸的泰坦巨神吗？抑或，他是一位进步之友，激怒了想要人类屈服、顺从的主神？这我说不清楚，不过，弗朗索瓦熟知神话，说他是位英雄。而洛丽对此一窍不通，只是听说过这段故事，这让她想到自己的母亲和夭折的小狗。

6月15日

喂，喂，还是我，我的小录音机，你今天比平时开机快多了……和一台机器说话有意义吗？可我还能跟谁说话呢？能听我说话的只有你，而且，你一向万分谨慎、不声不响，无论我说什么，你都守口如瓶。因此，你值得信赖，我的宝贝机器。

我想从小普罗米修斯说起，他在母亲慵懒的肚子里踢来踢去，而这位母亲则喜欢吞吃冰激凌，因为这能滋润她永远灼热的喉咙。你应该给孩子起名叫小草莓，我说道，因为她最爱草莓味的冰激凌。与此同时，玛利亚还在机能复苏病房，依旧处于昏迷状态，而懒惰正在战胜勤快，我们去医院看她的次数日益减少。我那陷入沉睡的女儿仿佛渴求死去，却未真正死去。她躺在那里，悄无声息，一动不动，双眼紧闭，在偌大的病房里，还有另外三个一动不动的生命。屋里一片寂静，只有输氧管发出咝咝的声响。弗朗索瓦经常打来电话，询问他的玛利亚情况如何，但他从没问起过孩子。他对他置之不理，这令洛丽颇为恼火，尽管她一再声明，孩子只属于她自己，不关别人的事，她会一个人把他拉扯大，不用任何人管。这份决心可算狂妄、豪迈。与此同时，她屁都不干，照顾这个家的人是我。买菜、做饭、洗衣服、收拾屋子、扫地，我的老腰都快断了。

我虽然没有护士资格证，却长着一双金手，因此工作量翻倍了，幸好如此。现在，我整日都得出门，给别人打针挣钱。难以想象，有多少人需要注射：因为流感，因为肝疼，因为糖尿病，因为鼻炎，因为肚子疼，因为哮喘……同样难以想象，人们有多么恐惧注射器，他们带着对针头的忌惮露出屁股，尤其是孩子和老人。我向他们保证不会疼，当他们意识到居然都觉不出针扎就注射完了的时候，便不断回来找我，无论是为了多么愚蠢的小毛病。

洛丽问我，今天我都观察了什么样的屁股，但我实在既无心思，又无精力在研究屁股的语言上耽误工夫了。我把它们揭开，扎上一针，然后就跑。你不再解读客户后背上的星象了？不了，洛丽，我太累了，总是扎完就走，没那工夫。但我问自己：我们真的正在习惯这种焦头烂额的生活吗？玛利亚在医院，住在机能复苏病房；我四处奔波，去给人扎屁股；洛丽越来越臃肿、笨重，除了到冰激凌店给她自己买甜筒之外几乎不再动弹。她一个劲儿地给自己填塞冰激凌，尤其是草莓味的。你生出来的孩子屁股上肯定带着草莓胎记,我这么说,是为了刺激她,让她多走动,别再胡吃海塞了,可她根本不听,躺倒在沙发上看电视,净是些开枪射击、腰带勒脖子、刀子割喉咙的节目——不知道是由哪些变态脑瓜编出来的。

如果她妈妈看见她这样,一定会劝她多读书:我的洛丽,多看点书吧,书籍可以使头脑生花,它们把根深深植入,令其汁液充盈,生出清新、芬芳的花朵,而你的脑袋散发出闭塞的浊气,给它换换空气吧,看书!她则挺着大肚子,仿佛那是一种与她无关的重负。她日益麻木、慵懒,从床上挪到沙发上,再从沙发上挪回床上,甚至想不起来给弗朗索瓦打电话,那个人正等着自己心爱女人的消息。她不看书,不说话,我甚至不知道她是否真的在看屏幕上那些愚蠢、暴力的情节。她就在那儿一动不动,仿佛在模仿她那无法动弹、靠各种插管维持生命的妈妈。图陆呢?我忧虑地问她。她耸了下肩,以此作答。你离开他了?是得知孩子不是他的之后,他离开我了。是因为这个你才心情不好的吗?姥姥,谁跟你说我心情不好了?你一点也不懂我。她跟我说话的时候,带着满腔怒火和怨气,这证实我的想法没错,她的心情的确糟糕透顶。

7月3日

还是一如既往地在这儿和你说话,该死的笨机器。玛利亚又聋又哑地躺着,而洛丽呢,每次我和她说话,她都跟我顶嘴。医院叫我过去。一位非常和蔼的医生对我说他们要用玛利亚的病床,他会竭尽全力帮助我们,但我们得带玛利亚回家。这么说她有好转?我激动地说道,高兴得简直要哭出来了。她的病情没变化,这便是回答,我们也不知道这种情况会持续多久,因此你们必须带她回家。就这样昏迷不醒,谁来看护她呢?医院会帮你们装备好一间屋子,每天有护士按照国际备案的植物人登记簿来看她;你们将有一套喉部插管进食设备,以及一张服务卡,用它可以获得家庭护理协助,我们会提供氧气及全套所需设备,一切都会安排妥当。他满口医疗术语,这些词被发明出来,就是为了让病人和照顾病人的家属什么也听不懂。

那我们怎么照顾她?我忧心忡忡地问道。你们会学会的,大夫摆出权威的架势,直视着我的眼睛,一副嘲讽、责罚的神情。萨尔萨可真算不上好看,洛丽说道,他没下巴，嘴直接贴在脖子上了。但他有吸引人的地方：两只大而明亮的眼睛，两条长长的胳膊挂着两只大手，指甲精心修剪过，干干净净。用这双手，他可以举起整个世界，就像阿特拉斯[1]那样，把全世界扛在肩上，带回家里。那个世界沉重不堪，满是患者和多年昏迷不醒的人。大夫，玛利亚还会昏迷多久？她有可能苏醒吗？有的，有复苏的可能性，但我们不知道这种可能性究竟有多大。您知道，从前，判断一个人是活着还是死去很容易，而现在情况复杂了。从前，没有机器设备能让心脏这台中央泵即便在大脑停止运转的情况下也继续跳动，亲爱的杰苏伊娜，以前也没有氧气瓶，没有人工进食，而这些能让我们挽留生命，把在以往被认为已经逝去的人留在我们身边。为此，很难决定是否该继续坚持治疗，有人把这称为"过度医疗"。抑或切断人工进食和氧气供给，任由她离去？医生，您会怎么做？我不知道，我想我们应该继续等待，然后再做决定。可还要等多久？几个月，一年。如果到时候还没有生命的迹象呢？我不能发表任何意见，如果你们认为是时候拔掉插头了，你们

---

[1] 阿特拉斯：古希腊神话中的擎天巨神。——译者注

就去做，要不就继续用人工手段维持她的生命。萨尔萨医生，您这话等于没有回答。而他紧握住我的一只手，微笑着对我说：杰苏伊娜，需要很多耐心，而我知道您不乏耐心。照顾女儿时，请心中充满爱，有时候，爱能创造奇迹。我明白，有时候的确如此，但并非总是如此，我反驳道。他笑着走开，趿拉着值班医生的白色拖鞋。

7月10日

妈妈回家了，她一动不动地平躺着，惨白的双手如雪一般摊在胸口，仿佛已经死去，却并未死去，幸好如此。此外，她现在在我们身边，与此同时，普罗米修斯一天天成长，她则沉睡不醒，会有一位快乐王子来把她唤醒吗？姥姥说，一个吻便足够，而弗朗索瓦待在他的里尔，打来电话的次数越来越少，只是偶尔来电，而且话不多。他询问一下玛利亚的情况，得知她依旧昏迷时，便叹口气，挂断电话，不再多说一句。我想，他正在习惯失去她。我时不时和他说起孩子，而他总是把我的话打断，好像孩子不是他的。他是你儿子！我想冲他大喊，但我并没有那么做,不能勉强别人接受一个孩子。如果他想认,会来找他的,这份傲慢令我恼怒,仿佛孩子有罪,仿佛他的降临纯属偶然,尽管事实上的确如此。与其说因为爱,或因为身体之间的吸引,不如说这个孩子源自偶然。小普罗米修斯是意外的产物,凭空而来,他顽强地渴求出世,从死神那里盗走火种,朝着生的希望攀登,为此,我要叫他普罗米修斯,我要不顾一切保护你,不惜与全世界为敌。母亲和她的孩子是世上最强大的联盟,他们无所畏惧、披荆斩棘。亲吻和拥抱会让他们所向披靡,因为未来取决于他们紧密相连、互相滋养的身体。他们手牵手,一起迈向那有目共睹的倒霉未来,但他们勇往直前,永远不会停下脚步,因为未来的朝朝暮暮、岁岁年年,都是属于他们的。

7月22日

生活变得复杂、烦琐,我不得不掌握各种插管的使用诀窍:小管、大管、塑料管、硅胶管、尼龙管、橡胶管……它们功能各异,需要时刻留神,保证液体流动顺畅，那是可怜的女人玛利亚，一个植物人的维生所需。每根插管都带有一个小金属阀，通过它可以调节液体的流速。护士教给我如何把管子穿入插在玛利亚左肩下方胸口前的小闸门里。当然，管子每次都必须清洗、消毒。此外，还有几根最细的管子接在一只玻璃瓶上，瓶子挂在一个叉子形状的铁架上。这些管子的另一端插在穿入手腕的另一只小闸门里，为她输送营养。最后，还有一根导液管，把尿液引入挂在床下的袋子里。总之，玛利亚的身体成了各种管道的线路图，它们彼此相连、纵横交错、上下交叠。一团搅缠在一起的液体道路，穿越你凝滞的身体，温和的小玛利亚，它们维系着你的生命，而大脑呢？那个善于观察、理解、评判、抉择的大脑到哪里去了？仿佛你头脑中的才智被冷冻凝结，无法感知世界的热度——那股温暖曾战胜严寒一般的万物绝迹，好像你的身体又重回到千万年以前的冰川时期。而人类，也就是我们的祖先，那时一路向南，开始大规模迁徙，从未中断过脚步。而你呢，玛利亚，你要什么时候才能开始一路向南的旅程，朝向生命，朝向被阳光温暖的大地，朝向等候你的我们——此刻的我们正如那些热情似火、硕果累累的棕榈树，在生机勃勃的非洲矗立守望？

Tre Donne

我才意识到，这份祈祷有点文学化了，不过，我的女儿，我恰恰在用你最熟悉的语言试图和你对话。如果我用洛丽那种乌七八糟、啰里啰唆的方式和你说话，你不仅听不懂，还会不高兴，因为语言缺乏诗意。

我们在医院见过的那位胳膊上有文身的护士，几乎每天都过来。他叫安杰洛，和一位名叫阿莱西亚的女护士轮流当班。阿莱西亚也露着胳膊，但她没有文身，而是戴着亮晶晶的手链，上面坠着几只小铃铛，手腕每动一下，它们都会叮当作响。安杰洛很能干，他的双手灵巧、娴熟，只是有点鲁莽，有时太过毛躁，时不时惹祸，但总能用动作熟练的双手即刻补救，有他在旁边的时候，我感觉玛利亚的呼吸更为均匀。而阿莱西亚则是个慢条斯理的人。她做每件事都慢得出奇，有时还半道上忘了自己要做什么，然后一切从头开始，再来一遍。我从她那儿学会了静脉注射。其实并不算很难，需要用绷带把上臂勒紧，然后找出最明显的静脉，用手指肚在上面敲敲，最后几乎横着把针头插进去，如果你一下就猜对了静脉在哪儿，那你就是好样的，否则你就是个废物。她总是能插准，不过，她对我说，有些血管就像鳗鱼一样，一感觉到针头靠近，便立马躲开，因此追踪并逮到它们就变得非常困难。所以血管也会动？是的，它们当然会动了，和天地间的万物一样，她不慌不忙地答道，您以为在这个地球上，我们都静止不动吗？不是的，我们的这个世界在太阳系里全速转动，从未停息，就像我们的细胞那样，每一秒钟都在诞生、复制、死亡。我敬仰地望着她。对她而言，宇宙和人体没有秘密，她以同样的热情和才华对待这两者。现在，我们已经成为朋友。安杰洛一进来就要一杯咖啡，等咖啡的时候，他一副主人的姿态走进玛利亚的房间，来到病床旁边，动作粗鲁地把她翻过来，让她肚子朝下趴在床上，然后让她露出后背，查看是否长了新的褥疮，一旦发现，就用蘸过粉色消毒液和白色药膏的棉签涂抹治疗，那药膏总是把手蹭得油腻腻的。在他的一再坚持下，我买了一条羊皮褥子，他说这对已然没有肌肉的皮肤更好。然后他把输液用的插管、金属阀、小闸门检查一遍。之后为她测量体温、血压，把一切都在纸上记录好之后，他便匆匆忙忙地一口喝下那杯滚烫的咖啡，然后抬腿就走。他干活的时候，我注视着他。美人鱼和帆船一直都在，令我焦灼的目光平静下来。我问自己，热恋着神秘水手的美人鱼是否追上了她钟情的男子，抑或不得不穷尽一生，不停追逐那艘帆船？它正鼓起偌大的风帆，朝向未来全速行驶，船上载着那位英俊潇洒、不可企及的年轻海员。

终日忙碌着照料玛利亚，这令我无暇顾及从前习以为常的、真实的，或是虚构的爱情，也使我远离了那些把每个日子变得火热的游戏。生活给我当头一棒，正如它对玛利亚的所作所为。它在我的两只脚腕上套上枷锁，现在，我不得不更多地待在家里，外出给人打针时也总是匆匆忙忙地赶着回来。若要维持这个一半在这边、一半在那边的女儿的生命，我不得不辛勤工作。我几乎把面包师忘了个干净，尽管这位接吻能手总在店里等着我，刚一看到我，便从远处招呼我，给我看他特地为我单独放在一旁的面包。不得不说，他对亲吻的忠贞令人颇为感动。这些面包是给你留的，我没有别的要求，只是想让你来后边待会儿，他说道，然后牵着我来到后厨，在那儿我们可以接吻，尽管时间仓促。杰苏伊娜，亲吻是生活里的盐，他在我耳畔悄声细语，之后把他柔软、温润，散发着新鲜面包和酵母香味的嘴唇贴在我的耳垂上。尽管仓促，但不得不承认，他的吻依然令人心动。西莫内懂得如何接吻，他亲吻时既勇敢，又羞涩；既温柔，又热烈。他那套理论没错，他的吻毫无惊奇，却能把人融化。每次从他的吻中醒过神来，我都不免有些心潮澎湃。我着急回家，我说道，西莫内，让我走吧，我女儿一个人在家，我得去照顾她。这块圆面包是给你生病卧床的女儿的，他说道，尽管他非常清楚，玛利亚不能吃饭，不能说话，不能拉屎，什么也看不见，连呼吸都费劲。这些我都跟他说过，而西莫内每次都假装忘了。他把面包递给我，悄悄地说：给美女玛利亚！然后我便离开，把面包夹在胳膊底下，朝着家的方向快步疾行。现在洛丽总在家里，她几乎不出门，但我不敢完全指望她。

菲利普在网络的迷雾中不见踪迹了。也许他找到了另一位用来爱的女人，并对她进行远程控制。我们从来没有见过面，尽管他最后的几条信息充满猜疑和勒令，那语气几乎饱含着侮辱：你去哪儿了？和谁一起？你都干什么了？你想我了吗？想了几次？你为什么不回我12:10发的那条瓦次普？菲利普，我很忙，我不是一个家庭妇女，或许也算是，但除了家庭以外，我还得在社区里四处奔忙，给人打针挣钱。你都给什么人打针？只给女的打针还是也给男的打针？菲利普，我不做区分，哪里找我，我就去哪儿，我既给女的打针，也给男的打针。太恶劣了，你不该看男人的屁股，你简直不要脸，如此等等。他想远程占有我、控制我，仿佛我是他的一件财产。然而，当我告诉他我女儿昏迷不醒之后，我觉得他就像一只蜗牛那般缩回自己的壳里去了。之后的几天，他还发信息，但是话说得模棱两可，找出各种奇怪的借口，随后，他就消失了。他全部的爱就像阳光下面的雪一样，融化、干涸。没过多久，他就不再给我写信息了。这样更好。现在我的确没时间玩爱情游戏。

在玛利亚生机勃勃、活力四射的时候，我觉得自己像当女儿的，不像一位母亲，而现在，我不得不给一个女儿当妈，她再也不是我的母亲了，毫无回旋余地地成为我的女儿，身体僵滞，最基本的生活所需都得依靠我。树林里的睡美人，洛丽这么称呼她，说她在等待英俊王子的吻。可英俊王子真的会来吗？他什么时候来？从哪里来？就算最终决定来，他会一直留下吗？要是他根本就不来呢？该死的等待，令我们忧心忡忡、草木皆兵。焦急地等待她的一抹微笑、一声低语、一次眨眼，这些细小微弱却翻天覆地的动作出现的可能性越来越小，然而我们却依旧坚信它们一定会不期而至，值得为之日夜守候。

  我现在睡眠不足，严重不足，之前我每天睡上八个小时，而现在也就三四个小时，总是竖起耳朵聆听玛利亚的呼吸声，时刻祈盼她的召唤、她的只言片语。一次又一次的清醒之间，夹杂着沉重、焦虑的梦境。一天夜里，我梦见一条长着两颗脑袋的狗，它在我面前，用人类的语言和我谈论起普罗米修斯，它对我说，需要安排一场探险，到最高的山峰上去解救他，助他逃离凶狠的恶鹰。你们那位法国人不也一再强调，说普罗米修斯是英雄吗？那为什么还要任他留在山顶，被绑在岩石上受苦？我想：没错，它说得对，可那块岩石在哪儿？如何才能抵达？那条狗不听我说话，它的脸上长着一圈浓密的鬃毛，以一种令人颇为不安的方式摇晃着两颗大脑袋。难道它是一头长着两颗脑袋的雄狮？是最幽暗、最骇人的森林深处的生灵？它说话的时候，我没能看清它的牙齿，但我看清了它黑色的嘴唇，以及它紧盯我的严肃眼神。

18 点

我有些担心,因为洛丽一阵阵地肚子剧痛,真怕她流产。我给阿米莉娅医生打电话,问她能否来家里出诊,因为洛丽不肯动换,而我又不能陪她出门,把昏迷不醒的女儿一人留在家里。医生来了,为她做了检查。她说孩子健康茁壮,或许有些太大太重了,毕竟母亲并不算十分强壮。她也坚持认为洛丽应该多吃肉、多吃鱼、多吃蔬菜,不能只吃冰激凌,还要尽量多走路,因为肌肉很重要。没有肌肉的话,孩子很难自己出来,或许还需要剖宫产,尽管人们一向认为还是自己生最好。第一次生育的话,也许剖宫产还可以,但第二次生育会更加困难,可怜的肚子简直变成了漏勺。漏勺,大夫的确是这么说的。洛丽听见了,也不过是耸了耸肩。我不认为她愿意多出门。

我实在没有别的办法,只好给图陆打电话。虽然不认识他,但我了解他的一切,想和他谈谈洛丽的事。图陆十分友善,但非常严肃:洛丽和别人有了孩子,她的事应该由孩子的父亲管,和我没关系;另外,夫人,我想告诉您,我现在和我的新女朋友一起住,她是德国人,叫安德莉亚,我们很相爱。这个事实您只能接受。我不得不告诉洛丽,图陆有了新欢,他的新女友名叫安德莉亚,是位德国姑娘,做健身教练,和他住在一起。"找了一个比他大的,艳福不浅!"她随口说了一句,表面上虽不在意,却掩饰不住惊慌失措的神情。

7月25日

前天,回家进门的时候,我撞见两位护士——阿莱西亚和安杰洛站在病床旁边,当着昏迷不醒的玛利亚做爱。他们俩没听见响动,吓了一跳。为了不惊扰睡美人,我开门进屋时一向轻手轻脚。我发现,每当门关上的时候,她都会微微颤动。这说明她能够感觉到动静。因此,她身上有生命的迹象,我对自己说道,并满心欢喜,一切疲惫瞬间烟消云散。

阿莱西亚满面通红,整理好裙子,安杰洛动作迅速而趾高气扬地拉上裤子,仿佛有过错的人是我,因为我打扰了他们一次正当而寻常的举动:怎么了,两位年轻护士还不能随时随地、随心所欲地做个爱了?我没有半句责备的言语,相反,我微笑着说,爱意味着生机,或许这能起死回生,让一个半死不活的人回到我们中间。总之,我几乎为他们刚才的所作所为而感谢他们,他们看着我，目瞪口呆。洛丽人呢？我吃惊地发现，一向在沙发上安营扎寨的她此时不在那里。她出门了，他们对我说道，仿佛这是一件再正常不过的事。出门去哪儿了？什么时候回来？她跟你们说了吗？但他们什么也不知道。就这样，我又多了一份担心。她一向不出门，会去哪儿呢？难道她打算听从一次阿米莉娅医生的建议？抑或因为这几天的绝望跳河去了？但我没有报警。跟警察怎么说呢？我怀孕的外孙女出门了，我不知道她去哪儿了？他们会让我别瞎捣乱。还是等等再说。

20点

其实，洛丽回来了。我冲她一通大吼：你去哪儿了？知不知道我多着急？我见鬼去了，她回答道，一如既往地蛮不讲理、大发脾气。是不舒服吗？需要什么吗？见她满头大汗、身体打晃，我接着问道。不经常运动，挺着大肚子在太阳底下走一大段路肯定令她精疲力竭。我去找图陆了。你找他干吗？和他说话了吗？没有，我和她说话了。图陆的新女朋友，安德莉亚？你们都说什么了？姥姥，没那么复杂，总之，她给了我一耳光，我踹了她几脚。你真疯了，既然已经知道他和另一个女人在一起了，还去他们家干吗？我本来只想看看图陆那张脸，听听他的声音，告诉他，我打算给孩子起名叫普罗米修斯。就这些？就这些。那这个安德莉亚有什么可生气的？嗯，因为我开玩笑跟她说，孩子也有可能是图陆的。你真是个愣头青，图陆在哪儿？那谁知道，他不在家，那个笨女人以为我想敲诈她：你来给一个不知道爹是谁的孩子要钱吗？你真是个倒霉丫头，你跟她要什么了？我什么都没跟她要，姥姥，我只跟她说，我现在情况很糟，都没钱买件像样的衣服，我的衣服都瘦了。说到底，你还是去那儿要钱了？跟一个你不认识的人乞讨，她可什么都不欠你的！可我本来是打算去见图陆的。她刚告诉你图陆不在家，你就应该立刻走人，所有这一切跟她有什么关系？那个狗屁安德莉亚就是个蠢货，她对图陆一点儿都不了解，依我看，她也并不爱他。而我知道他的一切，熟悉他身体的每个角落，包括他长虫的脑子，她却居然像对待第三者一般对待我，姥姥，她简直把我气疯了，你懂不懂？不懂，我真是一点儿也看不懂你，洛丽，我觉得你真的疯了，不但疯，而且蠢！

7月30日

酷暑正在融化我的脑子。洛丽的肚子变成了教堂的圆顶。她在屋里吃力地走路，既不梳洗，也不打扮，穿着一身家居服，紧绷着脸，闷闷不乐。不过，她现在肯吃东西了，每顿饭都要吃煎鸡蛋、炸肉排、番茄酱面、烤鱼、烤土豆……我做的每道菜都被她一扫而光。事实上，她变胖了，而且双脚浮肿。一有机会，我就向她的妇科医生阿米莉娅咨询，医生让我放心：孩子很好，出来时一定是个大胖小子，或许需要把肚子切开，那也没什么关系，她既不是第一个，也不会是最后一个做剖宫产的妈妈。

在这个家里，我愈发感觉孤独。这里住着一个死人，还有一个虽然活着却和死了差不多的人。她连日记都不再写了，懒惰的洛丽。她把锁日记本的钥匙落在了屉柜抽屉里，其实可以去翻看，但我忍住了好奇心。我已经很久没看见她俯身在那本日记上写字了。本子封皮上的图案是一朵朵的郁金香。

8月2日

今天早上，西莫内给了我几块新鲜出炉、依旧热乎乎的餐前面包：这些给你的玛利亚，他在把我拽到后厨，一如既往地吻过我后，对我说道。我们在酵母和面粉的香气中拥抱着对方，我们的舌头彼此熟悉、互相爱抚，我们的嘴唇抵在一起，感觉永远新鲜。尽管我们的吻带有某种深深的绝望：他被困在婚姻的陷阱里，只为能让一个年轻女人给他生个孩子，而她却未能怀孕；我则被困在家庭的陷阱里，那里躺着我的女儿，不知是死是活。

你知道吗，我曾想过离开妻子，和你一起生活。和我？我为咱们的亲吻痴狂。如果我们可以随时随地、毫无顾忌地接吻，你就不会这么痴狂了；另外，别忘了我家里还有个昏迷不醒的女儿，我不能丢下她不管。西莫内，你要明白，我们的亲吻如此美妙，因为它们是偷来的，因为我们不得不藏在后厨；你我如此和谐，因为你是个性无能，而我是个老太太。嗯，也许你是对的，杰苏伊娜，他幡然醒悟，认可道，你永远是最有智慧的女人。不过，答应我，我们永远不要停止亲吻，我需要亲吻，就像需要空气。我们深深地、甜蜜地最后一吻，以示诺言生效。"给我一千个吻吧，然后再加一百，/接着再给我一千个吻吧，然后再加一百……"我们拥抱着彼此，惺惺相惜，绝望无力。

8月18日

酷暑毫无消退的迹象。已经好几个月没下过雨了，空气干燥，弥漫着汽油燃烧后的刺鼻味道。洛丽在家里晃来晃去，半裸着身体，摔门，趿拉着鞋走路，头发贴在脑袋上，眼圈发黑，呼吸急促。只有护士们在的时候，她才穿好衣服，而她通常把自己关在房间里，根本不出来和他们打招呼。玛利亚在安杰洛、阿莱西亚还有我的照顾下，一直干干净净、整整齐齐，床褥散发着熨烫过的香气。她幸福地沉睡着，脸上的表情十分安宁，仿佛正在做一场美梦。

昨天，印刷好的译著送到了：《包法利夫人》，居斯塔夫·福楼拜著，玛利亚·卡斯卡蒂译。我来到女儿的床头，把书放在她的胸前，慢慢地和她说话。

玛利亚，这就是你费尽心血翻译完成的书，看看它有多好，他们寄给你的这一版装帧多么精美！你看，封皮上画着一个女人，她的头发扎起来，垂在脖子后面，戴着两只精致的小耳环，目光炯炯有神，嘴唇美丽而红润，身穿蓝色衣服，正如作家在刻画爱玛的时候所描述的那样。看，这些都是你的文字，你为它们废寝忘食，在小书桌旁日复一日地工作，手头的《拉鲁斯词典》都快被你翻烂了。还有那一页又一页的手稿，在把译文输入电脑，交给编辑之前，你在上面写满了文字。还记得吗？能按时交稿，你高兴极了，期待稿酬能在你和弗朗索瓦出游之前到账，他史无前例地获得了两个月的假期……而他怎么能有两个月的假期呢？所有的加班他都没要加班费，并把倒休攒了起来，一天都没有休息，因此，他终于获得两个月的自由，不用去上班。

我的玛利亚，我还留着你从荷兰寄来的信，会时不时地拿出来重读。你给我们讲梵高，还记得吗？你对他的崇拜，你和恋人一起沿着运河散步，你们一同乘坐小船，还有鲱鱼和郁金香。说到这里，我没给郁金香浇水，它们正在阳台上枯萎，我有点儿忽视它们了，不过我向你保证，今天晚上就好好给它们浇水。我的玛利亚，知道吗？你前所未有地美丽。在这几个月里，你的变化很大，变得更苍白了，但也更宁静了，不像从前那般眉头紧锁、草木皆兵。但愿这不是投降的迹象。你必须坚持住，必须坚持住，玛利亚，因为我们期待着任何征兆，哪怕你只是眨一眨眼睛，我们才能把悬着的心重新放下。在这个家里，一切都中止了，都在等着你苏醒。这是一个静止的家、一个魔法附体的家、一个中了妖术的家，洛丽说道，一个睡美人的家，她静候着快乐王子的到来，为她献上一吻。我要让你听听面包师西莫内关于亲吻的理论，或许有些荒谬，却也充满了神奇的魅力。面包师西莫内把他所有的情欲都寄托于亲吻，他不明白做爱有什么好处，认为那事儿庸俗、暴力、无益：生殖器离排泄口太近了，粪便、尿液，所有臭烘烘的东西都从那里排出，难道要把它们和爱情联系在一起？嘴完全是另一回事，嘴品尝过种种美味：咖啡、糖、冰激凌、肉桂、葡萄酒，还有香烟，而你非要扯上屎尿！还记得那首那不勒斯民歌是怎么唱的吗？"这样的你，哦，布里吉达／就像一杯咖啡／糖，荡在杯底／上面，漾着苦涩／我必须不停搅拌／我必须不停搅拌／让甜蜜从杯底／涌入我嘴中。"有一天，西莫内在即将把他的嘴唇紧贴我的嘴唇之前，将这首歌唱给我听。每当面包师西莫内布道般地讲这些事情的时候，我都忍不住发笑，但我必须告诉你，他的吻具有糖和肉桂的香甜味道，就像歌里唱的那样，他的嘴唇如此温柔，令人禁不住要说：西莫内，再给我一个吻吧……

玛利亚，如果你能睁开一只眼睛，如果你能露出一个微笑，那该有多好，哪怕只有一点点迹象、一丝淡淡的笑意，以此告诉我们你还在，并没有永远离去。何况，你的身体并不想永远离我们而去，这一点你也知道。你的心脏仍在跳动，你的脉搏依旧有力，只是你的思维似乎消失了，它仿佛停顿在虚无之中，而你的头发还在生长。每隔一段时间，我都要为你修剪长长的指甲，我总是小心翼翼，以免剪刀伤着你，因此，玛利亚，你还在，你的身体渴望生存，渴望从床上起身、下地走路。你为什么不从那片虚空中下来，与我们道个早安？和福楼拜先生，还有我们所有人，包括护士安杰洛和阿莱西亚，更别提洛丽，甚至还包括面包师西莫内，我们都在等待你发出信号，只要一个示意，哪怕只是一声叹息，也能让我们高兴得手舞足蹈。

14点

安杰洛来了，那只帆船在他紧绷的肌肉上摇荡。他问我把一本书放在卧床不起的病患胸前干吗，他正是这么说的，已经完全习惯于医院的官方术语了。他把书扔到窗户下面的小沙发上，在玛利亚一动不动的身体旁开始忙碌。褥疮好了，您看到了吗？他得意地说道，仿佛为了炫耀自己很能干、他的看护不可或缺，即便我提醒他，他和女护士阿莱西亚在昏迷不醒的玛利亚身边做爱那件事——客气点说，也算厚颜无耻——那也没用。

有趣的是，我丝毫没有责备他的意思，而他却认为我想责备他，所以用这种傲慢、挑衅的态度预防我这么做。我觉得，她早晚会苏醒，他一边说道——他经常这么说，一边为玛利亚按摩双脚，来来回回地弯折双腿，防止肌肉萎缩。我全神贯注地盯着那艘帆船，安杰洛挥舞手臂的时候，风帆便跟着鼓荡。我瞥了一眼美人鱼，她不断地探出那颗长有绿色长发的小脑袋，向自己的爱人张望；而他则被关在那个古代的船舱里。他们永远无法相遇，却一刻不停地备受这遥远爱情的煎熬。

与此同时，这对手臂的主人在不停地说话，他告诉我，他妻子喜欢看书，问我能否借给她一本，因为我家藏书很多。我回答他可以。反正玛利亚女士永远都不能再看这些书了，他补充道，随后他又改口，说道，即便她苏醒了，我也不认为她还有看书的意愿，她身上所有的肌肉都不行了，眼睛也有肌肉，您明白吗？我点了点头，他继续从容地滔滔不绝，说他妻子有糖尿病，因此丢掉了工作，他不得不加倍辛劳，挣两份钱养家糊口。

他还说，他有四个孩子，都还年幼，真不知道怎么才能喂饱他们。说这一切就是为了给自己辩护，掩盖一名专业护士那次不检点的行为吗？好吧，只要他能安静点就行，我真想告诉他别再说了，但我还是让他倾诉，我知道他需要发泄。也不知道自己的宽容是源于大度，抑或只是一种策略，以此维系住他这个朋友，或者更糟，只是懦弱的妥协？害怕失去他对玛利亚的照料，而她卧床的身体对他颇为依赖。我明白他想要一份额外的红包，我会尽量想办法满足他，尽管我们已经勒紧腰带，只能靠我打针的收入维持生计，连牛奶都舍不得买。

8月24日

洛丽深陷危机。她把自己关在房间里，一边哭，一边听着一些印第安歌曲，那些光盘是图陆送给她的。我本应该拉起她的一条胳膊，把她带到外边去，走出这个时间静止并遭到神明诅咒的家，但又不能丢下玛利亚一个人不管。现在，我连两位护士都不敢相信了，每当他们俩过来进行日间看护的时候，我都尽量待在家。

我养成了习惯，每当单独陪伴她的时候，就给她读几页《包法利夫人》，这本书的译文是她花费了将近一年时间才完成的。高声朗读时可以体会到，译文优美、选词考究。她躺在那里，面色苍白，一动不动。然而有那么几次，我觉得某些词汇的音韵如同轻柔的流水一般，通过她闭塞的耳朵，汇入她的脑海。

我朗读夏尔走进教室的那一段：看到同学们准确无误地把帽子扔到自己的课桌上，他也把自己的帽子抛了出去。帽子沿着教室滚了一圈，最后停在讲台底下。读到这里，我不禁独自发笑。就在那时，我感到玛利亚的身体蓦地一颤，微弱而低沉的笑声令她眼皮一动、肚子一跳。我屏住呼吸，注视着她，而她一动不动，和往常一样。我重新开始朗读，一边读一边笑，但随后，我克制住自己，起身跑到洛丽的房间门口敲门。我对她说，玛利亚刚才和我一起笑了。也许那只是我的错觉，但某一刻，床的确晃动了一下，对此我非常肯定，想让洛丽也知道。她正在床上躺着，脑袋下枕着两只枕头，手里捧着一本书。哦，她终于又开始看书了，我说道。她冲我微笑。这一笑前所未有。她居然没把我从她房间赶走，居然没有大发脾气、嘀嘀咕咕。她冲我微笑，仅此而已。妈妈要回到我们身边了？她温柔地问道，仿佛这是一件毋庸置疑的事情，只是时间问题。真心但愿如此，大夫说有这种可能性,尽管他不敢肯定。

9月10日

孩子出生了,早产,但非常健康。这一次,我把玛利亚交到胳膊上带文身的护士手里,自己到医院去陪护洛丽。分娩比预想中顺利得多,并不需要剖宫产。阿米莉娅医生前来问候新生儿的妈妈。医院的大夫德·安吉利斯向我投来一个灿烂的微笑,他没有停步,沿着楼道匆匆走远,趿拉着一双白色塑料拖鞋。普罗米修斯立刻叫喊出他生存的热望,展现出强大的肺功能。洛丽的身体恢复得很快。她已经在琢磨什么时候能回学校上课、该怎么安排需要吃奶的孩子了。生产对她的改变显而易见:不再板着脸,不再哭闹,不再发脾气,不再暴躁,只是心平气和地把刚刚出生的儿子抱在怀中,一刻也不愿与他分离。她很高兴自己的奶水充足,饥渴的孩子总是贪婪地叼住乳头。

一位怀抱幼子的圣母,阿莱西亚看到刚生完孩子便立刻出院回家的洛丽时说道。她连续来了两天,代替同事安杰洛,他因为发高烧,不得不在家休息。安杰洛不在,这让我感觉怪怪的,仿佛昼夜交替被打乱了一般。

我意识到，在脑海中，我的心灵之眼正在寻找安杰洛左臂上那艘扬起风帆的船只，与此同时，我的目光还在追随他右臂上那个长着鱼尾和一头绿色长发的女子，她深爱着那位看不见的水手。洛丽要喂奶的时候，恨不得升起一面大旗。如果可以的话，她能跑到阳台上喂奶，邀请所有路人欣赏她那充盈着奶水的乳房，任凭孩子抓着它吸吮。他的小腿儿肉乎乎的，令人联想到巴洛克式教堂里，在圣坛周围飞翔的小天使，他们满头卷发，胖胖的胳膊上方长有一对蜻蜓般的小翅膀。刚刚出生的孩子已经长有浓密的头发，他的眼珠颜色鲜艳，蓝得发黑，镶嵌着细碎的金色鳞片。

要给弗朗索瓦打电话，告诉他他的儿子出生了吗？我问洛丽，而她禁止我这么做。儿子是我的，和他没有任何关系。可他是孩子的父亲，我坚持道。他有过任何关心我或关心孩子的表示吗？他只顾待在他的里尔，我不想看见他。与此同时，新妈妈每天都能吃掉一斤鲜奶酪，还有熟火腿、生火腿、肉排、烤鸡。姥姥，想吃你会做的那种黑莓酱馅饼。我可没工夫做果酱馅饼。我的日子被严格划分，每个时间段都有明确的任务。买菜、打针，我现在把收费提高了，尤其在需要我上门服务的时候；如果他们来找我，我可以少收一点儿，因为可以节省下坐公共汽车或者地铁的时间。还有做饭、在玛利亚的枕边朗读福楼拜、照顾孩子——因为他的妈妈夜里得不断起来喂奶，没法睡整宿觉，白天累得打盹。普罗米修斯几乎从来不哭，他总是饿，每当想要吸吮母亲的奶水时，便发出歇斯底里的喊叫声。洛丽每天夜里起身五六次喂他，而他永远吃不够，想一直待在那儿，叼住乳头不松嘴。

9月25日

亲爱的日记本，的确是我不好，把你丢在一边，置之不理，但我的情况很糟糕，糟糕到想去死。姥姥说，这个家中了魔法，我宁愿相信妈妈睡着了，并未离我们而去，而这位博览群书的妈妈究竟要睡多久？就连屋里飘散着咖啡的香气时，她都不愿醒来吗？怀孕很受罪，我恨这个孩子，是他让我难受。我起初害怕一二月份的严寒，之后畏惧七八月份的酷暑。夏日的炎热如同发狂的猛兽一般，横冲直撞，侵入每个角落。我本以为自己会把这个孩子吐出来，之后便一了百了，什么都不用再想了。真想把他扔给姥姥，然后出门远游，不愿再想这个中了邪的家，不愿再想我胖成鲸鱼的身体，不愿再想我这空空荡荡、思想和语言匮乏的脑袋。如果胆量大一些的话，我真想从四层跳下去，但因为太懒，一拖再拖，这倒拯救了我，因为普罗米修斯出生之后，一切都迥然不同了：魔法被解除，甚至妈妈也在听到小夏尔·包法利的故事时笑了出来。那段的确有趣，他想把帽子扔到课桌上，没有投中，帽子竟沿着教室滚了一圈。姥姥坚持说妈妈笑了，不知道这一切是不是她编出来的。我觉得，妈妈还是一年前的玛利亚，洁净、清香，她躺在床上，一动不动，俨然一具用防腐香料保存的木乃伊。我久久地凝视着她，她并不是完全没有新变化，只是更苍白一些，美丽得像一尊雕像。她令我联想到一个被封存在玻璃罩里的女圣人。可怜的妈妈，他们把你怎样了？如果你真的不想和我们在一起了，为什么不断然离去？姥姥为你高声朗读《包法利夫人》，那是你优美的译文，此外，有一篇评论对玛利亚·卡斯卡蒂翻译的意大利文版本大加赞许，可惜你无法看到。你一定非常开心，为了这本书，你付出了那么多努力，耗费了那么多心血，那本可怜的《拉鲁斯词典》都被翻烂了。你从荷兰带回家的郁金香全都盛开了，花朵美极了。你说得没错，它们如同陶瓷做的一般，有一些是红色的，格外鲜艳；有一些是黄色的，像蛋黄一般；还有一些是淡紫色的，令人联想到蝴蝶的翅膀。它们昂着头，笔直地挺立在阳台上，仿佛在说：生活是美好的，但生活果真美好吗？自从我的儿子出生以后，郁金香就令人赏心悦目。我想，的确如此，生活是美好的。"Life is good"，每当打开电视机的时候，它都会这么说。这句话令我觉得家中的一切都被点亮了，除了妈妈的眼睛，它们依旧紧锁，充满了神秘。对我和儿子普罗米修斯而言，"life is good"，对于姥姥而言，也是这样吗？她从一位不知疲倦的女演员、一只朝三暮四的花蝴蝶变成了一个精明能干、孜孜不倦的女强人，以雄狮般的勇气面对一切，凡事井井有条。姥姥杰苏伊娜甚至报名参加了护士函授课程，所以现在，除了给屁股打针之外，她还会静脉注射、治疗褥疮、测量血压、处理烧伤，总之她去做有偿家庭护士，挣的钱足够我们两人的开销，更确切地说是足够我们三个人的开销，因为普罗米修斯一个劲儿地吸吮，我得为他多吃一份。

10月5日

　　城郊失火了。山上的树林火光冲天，城里也面临着火势的威胁。土冈上的几户人家都被疏散了，那里即将被火焰吞噬。他们说有人蓄意纵火，而一个心智健全的人怎么可能去放火呢？他明明知道，大火不仅会吞没名花异草，还会把众多动物不分大小活活烧死。火焰和毒烟还会让草木、花朵、果实、房舍，乃至人类统统化为灰烬。我们的家已被殃及：一股乌黑、油腻的烟霾从敞开的窗户弥漫到屋里。夜间，可以从城里看到起火的山丘冒着红色和黄色的火焰。浓烟席卷城市，荼毒大气，令全城窒息。

　　他们查出是三个小青年往一只倒霉的猫身上泼洒汽油，然后把它扔进干枯的草丛中，就这样意外引发火灾，烧光了整片树林。人们问他们为什么要这样做，这几位回答：为了好玩儿。这就是纵火癖脑子里的狗屁逻辑吗？我真想把他们一个个逮起来，送到火灾现场，强制他们灭火，并把死去动物的尸体从灰烬中捡出来，妥善埋葬，让他们也呼吸呼吸毒害城市的黑烟。这有用吗？我对此深表怀疑，但对公正的信奉令我怀有这样的意愿。与此同时，外孙女洛丽似乎和她的孩子一起获得新生。她又开始在那个封面上印有郁金香的田字格笔记本上写日记了。每天早晨，她都怀抱着孩子出去散步，带他去公园，牢牢地扶住他，让他从市镇公园的滑梯上滑下来，还把他放在秋千上摇荡，而且越摇越高。你简直疯了，把一个小婴儿当成四岁大的孩子对待！而她笑着说，她儿子可不是普通孩子，是个天才，一个小赫拉克勒斯[1]。他用两只刚刚从母亲腹中伸出的小手紧紧握住绳索，向前摇荡，晃动着两条滚圆、结实的小腿。然而这几天，我们一直闭门不出，因为被毒烟熏得咳嗽、流泪。但愿火势不要再蔓延到城里了。

我不停地为玛利亚朗读《包法利夫人》，她是树林里的睡美人。玛利亚，你看看，树林着火了。你得快点儿苏醒，我们要走出这惨淡，我们要睁开双眼，因为你正在生与死的关头。而她似乎听不见我的话，闻不见令人咳嗽的毒烟，烈焰已把城郊搅得天翻地覆，而她甚至感

---

[1] 赫拉克勒斯：古希腊神话中最伟大的英雄，神勇无比、力大无穷，曾解救了被缚的普罗米修斯。——译者注

觉不到那把火的热度。

12月10日

白昼的时间缩短了,阳光微弱,几乎熄灭了一般。多亏几场雨,树林停止了燃烧。社区里有很多人染上了新型流感,这轮病毒是在匈牙利受的洗礼,因为那儿是它的诞生之地。我被叫去给他们打针。我提高了价格,他们并无异议。现在家里有四口人,唯一挣钱的只有我一个。我从早到晚不停奔波,不得不抛弃高跟鞋,为自己买了一双低跟、舒适的鞋子。洛丽说,我穿着这双女战士的登山鞋,快步走起来的时候,活像一只小黄鸭。我决定买辆摩托车,和洛丽的那辆一样,这样可以更快。她笑了,觉得我这把岁数还骑那种没谱的摩托车太荒唐了。你也应该找点儿差事,在家里干,我声色俱厉地对她说道。但我不得不承认,在家里工作太难了,她那个魔鬼附体的儿子吃起饭来就像一头妖怪。他越长越大,越来越横,幸好从来不哭;他非常懂事,知道家里有个人在睡觉,不能吵着她。小家伙被放在地毯上,仿佛已经跃跃欲试,准备好满地乱爬了,碰到的每件东西,他都要叼在嘴里。

有一天，普罗米修斯把一只鞋的鞋跟放进嘴里，那是她妈妈拿给他的。他吸吮着鞋跟，仿佛那是一根甘草棒糖。我从他手里把鞋子夺了过来，而他把鞋子紧抱在胸前的那股蛮力很大，让我险些摔了马趴。我责备他的时候，他仰着肚子躺着，就像小狗那样，还开始大笑，两只赤裸的小脚丫向上踢来踢去。他是个意志坚定的孩子，也懂得欢乐的艺术。他很招邻居们喜爱，就连面包师西莫内也一看见他便把他放在刚出炉的两个巨大的圆面包之间，让他坐下，往他手里塞一块巧克力饼干，同时，也不忘拉起我的一只胳膊，把我牵到后厨，把他那散发着肉桂香味的漂亮嘴唇紧贴在我的嘴唇上。我们只匆忙地拥吻了一下，因为我担心普罗米修斯会和他的饼干一起从椅子上掉下来。幸亏什么事都没发生，他高高兴兴地等着我，一点点地啃着他的巧克力甜点。

我拿起面包，回到家中，撞见洛丽在厨房里，和护士安杰洛拥抱在一起。我看见他的肌肉在扭动，使得左臂上的船帆扬了起来，右臂上的美人鱼昂起头。他们俩恢复从容，装作若无其事的样子。我也没有斥责他们。只是后来，在安杰洛离开之后，我提醒洛丽，这个男人已经结婚了，还有四个孩子；此外，他还和女护士阿莱西亚有一腿。她笑了出来：姥姥，这我知道，我俩只是一种尝试。尝试什么？一种和谐的共处。几个月以来，我们每天见面，他对我说，一见到我，他就兴奋，我也一样，一看见他那古铜色的脖子、他胳膊上那艘鼓荡着风帆的小船，我就激动，我喜欢他的微笑，真令人着迷。可他从来不笑！可能不跟你笑，但他对我笑，而且经常笑。

你忘记他结婚了，而且有四个小孩？我执意劝说，希望能激起她的责任心。姥姥，听听，说这话的人是谁啊？你不也一直跟那个废物面包师约会？他也结婚了，娶了一具四眼僵尸，虽然没孩子，可也成家了，你算干吗的？和爱玛·包法利一样，是个淫妇？她说这番话的时候，一副理直气壮的架势，而我还不能埋怨她说错了。我们都在与已婚男人交往，尽管她的那种交往会从接吻转变为上床，而我的只停留于接吻，并把它上升为一种人生哲理。想想你的妈妈，是你不懂事，才把她逼成现在这副惨状，躺在那里，一动不动。另外，你得为这个家多出把力，一切全指望我，我可忙不过来！就在那时，我们听见"咚"的一声响，洛丽跑去查看。普罗米修斯掉下来了，或者说他自己从床上滚下来了，在地板上爬行。

12月30日

今天发生了一件不同寻常的事情：玛利亚睁开双眼，望着我，却似乎没有看见我，像是在自问她到底在哪儿。我从没见过如此明亮，同时却失明的眼睛。她向四周望了望，然后做出痛苦的表情。玛利亚！我跳到椅子上喊道。那时我正在为她朗读一首波德莱尔的诗：在一片灰白的光下，/ 奔跑，舞蹈，无端挣扎，/ 生活，无耻而又喧哗。她非常喜欢这首诗。可紧接着，她又闭上双眼，重新失去知觉。她的手指在床单上敲了几秒钟，仿佛在想象中弹奏一架钢琴。洛丽，快来看，洛丽，赶紧过来！

洛丽过来时，身上还穿着睡衣。她责备道：姥姥，你产生幻觉了，妈妈永远无法再醒来了，等普罗米修斯满三岁的时候，恐怕我们就得一起把她葬到家门口的墓地里。洛丽，你怎么这么说？我可觉得你妈妈正在沿着复苏这块悬崖峭壁，一点一点地向上攀爬，努力回到我们身边。你不应该说这些不吉利的蠢话，一切她都听得清清楚楚、明明白白。过不了多久，她就又可以起身走路了，就像你能走路、我能走路一样。她开始大笑：姥姥，你想象力太丰富了，脑子永远不嫌累。我还得对你说，随着岁数增长，你离我从前认识的那个可爱、懂我的姥姥越来越远，你的性格正在向妈妈玛利亚靠近，爱做梦、有期待，不过说实话，我更喜欢从前的你。姥姥，你老了，我可不希望你离我而去，丢下我一个人，照顾一个昏迷不醒的母亲和一个制造地震的儿子，要是没有你，我可怎么办？

我不明白，她这是爱的表达，抑或仅仅只是承认自己的软弱？洛丽根本不懂何谓工作，以前是她妈妈靠翻译养活她，现在是我靠打针养活她。如果她独立，会如何维生呢？另外，洛丽，我可一点儿也不打算提前离去，我温柔地说道。她开始笑，我也和她一起笑，孩子也被我们的欢乐感染，一块儿笑了起来。他张着还没长牙的小嘴，小脚丫在空中踢来踢去。

就在那时，我们听见一阵短促的笑声从玛利亚的床头传来，慌忙转身查看。她的眼睛依然合着，但是，她微闭的唇边挂着一抹微弱、吃力的笑意，同时，喉咙里发出一阵咯咯的响声。这回千真万确，她笑了，我的玛利亚，我跪在她旁边，握住她的一只手，捧到嘴边亲吻，止不住的眼泪顺着面颊滚落。洛丽怀抱着孩子，僵直地站着，一句话也说不出来。她也在流泪，而孩子像一头小羊一般，开始舔她脸上的泪水。眼泪也好吃吧？我说道，然后我们开始欢笑，幸福地欢笑。

译者后记

《三个女人》是一部以日记和书信的形式展现女性日常生活和内心世界的小说。故事的主人公是祖孙三代女性。由于经济拮据,她们不得不居住在一起。

外孙女洛丽只有十七岁,她叛逆、迷茫,做事从不思索后果。洛丽依恋母亲,但同时也对妈妈怀有怨恨和敌意,这两种矛盾的情感在她心里交织在一起。她与同校一位相识多年的男生维系着一段平淡、乏味的恋爱关系,而内心却并不相信爱情,认为它从不存在。由于在长期缺乏父爱的环境里成长,她轻易地对突然出现在生活里的成年男子心生爱慕。和所有青春期少女一样,洛丽拥有属于自己的秘密领地:她以最传统的方式把内心的困惑和矛盾写在日记本上,并把它藏在墙壁里。

妈妈玛利亚热爱阅读,以文学翻译为业,依靠微薄的收入维持家计。她既要养家糊口,又得照顾老小。由于丈夫早逝，不得不独自承担养育女儿的压力。繁重的家务占据了她大量精力，经济条件的限制使她无法拥有一间属于自己的书房，也无暇打造一个妆容精致的自己。在某个瞬间，对于女儿的陌生感令她惊诧不已。她有一位远在法国的恋人，平时通过缓慢的书信往来保持沟通，分享生活里的点滴。每隔三四个月，两人见上一面，一起踏上旅途，周游世界。她自认为拥有完美的爱情，于是把情感寄托远方，全心投入文学世界，以此逃避身边的琐碎与庸常，与现实保持疏离。

姥姥杰苏伊娜是一位退休戏剧演员，在社区兼职为人打针。她年逾六旬，但思想开放，特立独行，认为爱情与年龄无关，任凭生命的烟火尽情绽放，却也不失分寸，正如她年轻时代经常扮演的角色——哥尔多尼笔下的米兰多琳娜那样，小心翼翼地维系着自我与外界的平衡。她冷眼观察着身边那些或醒目或隐蔽的性别偏见，思考着女性因内化某些根深蒂固的成见而形成的自我束缚。她整天与一部袖珍录音机交谈，以这种方式记录自己的想法。

这三位年龄有别、性格迥异的女性，像三座相邻相望却不相接的孤岛，无法相互沟通和理解。然而她们也不乏共性：以各自的方式坚持书写或记录。三个女人争吵不休，也深爱彼此。

一天，一个男人闯入她们的生活。与索菲亚·科波拉执导的电影《牡丹花下》如出一辙，在这个长期缺少男性角色的女性世界里，他的出现犹如一颗石子投入湖心，惊起涟漪，最终导致一出悲剧。女性可以依靠自己，走出这场危机吗？故事的结局颇具童话意味：一位"王子"降临，他献上一吻，破除了附在这个家中的沉睡魔咒……

小说的作者好似一位画家，在同一幅画卷上勾勒出不同年龄阶段的三位现代自由女性。在这幅"有声"的画卷里，三个女人轮流发言，表达着最鲜活、最真实的生命体验。与此同时，作者也从一个侧面将现代西方社会的家庭境况和母女关系呈现在读者面前。

一部小说不仅能够展现作者所处时代的社会风貌，从某种意义上讲，也是作家生平阅历和价值取向的投射。那么，本书的作者是一位怎样的女性？她又有着什么样的人生经历和所思所想呢？

达契亚·玛拉依妮，意大利当代著名小说家、诗人、剧作家，1936年11月出生于菲耶索莱（近佛罗伦萨）。

她的母亲托帕奇亚·阿里阿塔为西西里贵族后裔，是一位画家。父亲弗斯科·玛拉依妮是著名的人种学者、摄影家、旅行家，撰写过多部关于西藏和东方文化的书籍。祖母具有英国和波兰血统，是一位颇具独立意识的女性作家，热衷独自旅行并撰写游记。外祖母是歌剧演唱家。达契亚·玛拉依妮从小受家庭熏陶，继承了热爱写作、热爱旅行的家族传统。1938年，父亲弗斯科·玛拉依妮获得研究经费，为开展一项关于阿伊奴族的研究，举家迁往日本。1943年，由于毅然拒绝宣誓效忠萨罗共和国[1]，玛拉依妮夫妇连同三个女儿一起被关进东京的一处集中营里，在饥饿中度过了两年悲惨的时光。幼年的这段经历令玛拉依妮没齿难忘，在一次访谈中，当被问及一家人是如何战胜磨难时，玛拉依妮表示，人们应当把苦难化作对于未来的计划和希望。维护正义，积极乐观的态度对她的创作产生了深远影响。

战争结束后，玛拉依妮一家重返意大利，回到西西里巴盖里亚生活。在这里，玛拉依妮开始上学并接触文学。成年之后，她追随父亲定居罗马，继续高中学习。

---

[1] 萨罗共和国：即意大利社会共和国，是"二战"末期的法西斯傀儡政权。——编者注

为了维持生计，曾做过档案员、秘书、记者。青年时代的玛拉依妮与米兰画家卢西奥·波齐有过一段维持了四年的短暂婚姻，他们孕有一子，却不幸流产，这给她带来巨大的悲伤——在她2018年出版的小说《欢喜》中，母亲与腹中未能出世的儿子展开对话，探讨性别议题，令人不禁联想到作家的这段痛苦回忆。20世纪60年代，在与其他几位作家共同创办"豪猪剧场"的过程中，玛拉依妮与意大利文坛巨匠莫拉维亚（1907—1990）相识。1962年，莫拉维亚与妻子艾尔莎·莫兰黛分手，开始与玛拉依妮共同生活，这段关系一直持续到80年代初期。90年代末，玛拉依妮与演员、音乐家朱塞佩·莫雷蒂（1961—2008）相恋，两人相伴十二载，直至莫雷蒂因病去世。

从青年时代起，玛拉依妮便把全部精力投入文学世界，时至今日，她仍是意大利文坛最活跃的作家之一。她的作品数量众多，体裁丰富，包括小说、戏剧、诗歌、杂文等。除文学创作外，她还广泛参与文艺活动，年轻时代曾与同伴共同创办文学刊物，并与多家杂志保持合作，还曾参与创立并经营剧院。她的多部小说曾被改编成电影搬上荧幕，部分戏剧作品至今仍在欧美上演。值得一提的是，作者在80年代创作的两幕戏剧《梅拉》讲述了共同生活的祖孙三代女人的故事。小说《三个女人》在故事情节和人物塑造方面均与《梅拉》十分相似，可以说正是取材并改编自这部戏剧。

玛拉依妮的作品曾多次获得意大利和国际文学奖项。其中，《惶惑的年代》（1963）获弗尔门托国际文学奖；《伊索丽娜》（1985）获弗雷杰内国际文学奖；《玛丽安娜·乌克里亚漫长的一生》（1990）获坎皮耶罗文学奖及该年度意大利畅销书奖，截至2017年已再版七十三次，在意大利的发行量达到一百万册，译文多达二十五种；《黑暗》（1999）获得了意大利最具权威的文学奖项——斯特雷加文学奖。她较有影响力的小说还有《战争中的女人》（1975）、《巴盖利亚》（1993）、《欢聚》（2011）、《阿西西的齐亚拉》（2013）等。2012年后，玛拉依妮多次获得诺贝尔文学奖提名。如今，八十五岁高龄的她依旧笔耕不辍，最近几年，仍然坚持每年出版新作品。

在玛拉依妮的著作中，目前已经翻译成中文、在我国出版或即将出版的包括：《一个女贼的回忆》《大忏悔》《小女孩与幻梦者》《欢喜》《三个女人》《巴勒莫的风》《声音》《三重奏》等。其中，《小女孩与幻梦者》于2018

年由人民文学出版社出版，荣获"21世纪年度最佳外国小说"。

在长达六十年的创作生涯里，玛拉依妮始终聚焦女性。如今，作者已淡化了"女性写作"或"女性主义"的标签。她曾表示，不愿被称作"女性主义者"，更倾向于把自己视为"站在女性角度，为女性权利奋斗的人"。她以文字塑造女性形象、传递女性声音，并鼓励女性通过阅读和写作探索和发现自我，追求爱与自由，并与他人、与世界建立更为和谐的关系。此外，她还呼吁社会给予女性作家更多的关注和研究。玛拉依妮的作品通过真实、细腻、冷静的书写将女性的种种境遇呈现在读者面前，以此呼唤沟通和理解，期待更加美好的未来。

孙双
2021 年 12 月